El tesoro escondido de Lovecraft

-novela-

Mario José Menéndez Fernández

Editorial Cooperativa "Letra de Kmbio"

Mario José Menéndez Fernández.

La Habana, Cuba, 23 de marzo de 1950. Graduado de Informática en Moscú en 1982. Jefe de Operaciones Técnicas de la Agencia Informativa Prensa Latina de 1985 al 2000. Graduado de Periodismo Digital en el Instituto Internacional de Periodismo José Martí. Cursó el programa de Literatura y Guiones en la Unión Nacional de Escritores y Artistas de Cuba UNEAC.

Finalista del concurso Internacional de cuentos "Félix Maria Samaniego" España 2020 y autor de "El libro de los Secretos" (Letra de Kmbio 2020). El tesoro escondido de Lovecraft es su primera novela; un homenaje al desaparecido y gran escritor norteamericano, Howard Phillips Lovecraft.

ÍNDICE

Capíitulo 1 / 11
Capíitulo 2 / 27
Capíitulo 3 /33
Capíitulo 4 / 39
Capíitulo 5 / 43
Capíitulo 6 / 45
Capíitulo 7 / 51
Capíitulo 8 / 57
Capíitulo 9 / 63
Capíitulo 10 / 73
Capíitulo 11/ 77
Capíitulo 12 / 85
Capíitulo 13 / 89
Capíitulo 14 / 101
Capíitulo 15 / 107
Capíitulo 16 / 113
Capíitulo 17 / 119
Capíitulo 18 / 129
Capíitulo 19 / 137
Capíitulo 20 / 149

Dedicatoria

A mi hermana que me cuida con tanto amor.

A mis hijos y mi esposa que me adoran.

A Servio, Yassel, Oneida y Juan Carlos que tanto me ayudan.

A mis familiares y amigos que me animan a continuar.

El tesoro escondido de Lovecraft

-En homenaje al escritor Howard Phillips Lovecraft-

Mario José Menéndez Fernández

Capítulo 1

Año 2010.

La mañana en el estado de Washington D.C. era muy fría y gris pero el Presidente las disfrutaba mucho más que los días soleados. El inicio del día había sido como siempre repleto de actividad y la agenda del día estaba cargada de importantes temas.

Con su estilo directo y pragmático fue dando solución a todos los problemas asignando algunas tareas y controlando otras hasta dejar en el mínimo las cuestiones pendientes. Había quedado solo en su oficina y pidió que no le molestaran, dedicó unos minutos a la reflexión.

Como persona era enemigo de la vanidad pero tenia que reconocer que la vida había premiado todos sus esfuerzos. En la flor de su juventud, siendo negro había llegado a la presidencia de los Estados Unidos de América, obtenido el Premio Nobel de la Paz y era una personalidad respetada por amigos y enemigos, era sin dudas el hombre más poderoso de la tierra pero aun la vida diaria le deparaba extrañas sorpresas.

El Jefe de Seguridad de la Casa Blanca Mr. Stuard tenía que cumplir con responsabilidades muy grandes y peligrosas y debía ser una persona con un enorme poder de decisión ya que una mala opción escogida podía resultar en una catástrofe irreversible, pero además, también tenía que enfrentar extrañas situaciones y esta era una de ellas. Durante sus 24 años de trabajo en los servicios secretos había tenido que luchar contra complejos ataques terroristas, incursiones de fanáticos, asesinos solitarios a sueldo, enfrentamientos contra el crimen organizado y toda clase de criminales, a veces consideraba que ya nada le sorprendería pero una vez más caía en una situación nueva para él. Acababa de reunirse con dos de sus asesores principales que lo habían tranquilizado, pero ahora el tendría que tranquilizar a otros, en este caso al Sr. Presidente, su amigo de la infancia

El despacho solicitado se le había otorgado para las 11.15, junto con el Sr. Adams uno de los asesores de política internacional que ofrecía a diario un resumen de los temas más importantes del día al sr. Presidente y ya eran las 11.00. Tomó sus documentos, los puso en un file y salió al corredor para poder llegar exactamente a la hora indicada.

El Señor Presidente de los Estados Unidos de América, Balrad Obuntu estaba disfrutando del nuevo look de su oficina que acababa de remodelar después de casi dos años de su toma de posesión.

En la soledad de su oficina sonrió, a pesar de sus altas responsabilidades siempre encontraba unos minutos para conversar con los amigos de su juventud, que invariablemente sentían la obligación de darle todo tipo de consejos y opiniones acerca de la forma en que debía dirigir el mundo, Stuard en particular, uno de sus principales colaboradores, a quien había nombrado Jefe de Seguridad de la Casa Blanca, cumplía a cabalidad con sus responsabilidades y en sus conversaciones se apasionaba en su tema predilecto, la historia y la inmortalidad, pero él lo perdonaba, además de la entrañable amistad que los unía, reconocía en su amigo una mente prodigiosa y con una profunda formación teórica y filosófica así como una cordura fuera de toda duda. Esta mañana tendrían un despacho.

El Jefe de Seguridad pasó por el control y continúo hacia la oficina del Jefe de Despacho. Allí estaba, sentado en una butaca Mr. Adams esperándole para entrar juntos. Este al verlo entrar lo saludó dándole la mano y lo mismo hizo el Jefe de Despacho que mirando su agenda de trabajo apretó el botón del intercomunicador

—Señor Presidente, ya están aquí los Sres. Stuard y Adams para su despacho —el Presidente se demoró unos segundos en contestar.

—Hágalos pasar por favor— los hombres se dirigieron a la puerta mientras el Jefe de Despacho presionaba el botón que liberaba el seguro permitiendo el acceso. El Presidente firmaba unos documentos y le indicó las butacas frente a él saludándoles con una ligera sonrisa.

—Buenos días, siéntense por favor

—Buenos días Sr. Presidente—respondieron. Todavía el Presidente Obuntu terminó de firmar sus documentos antes de atenderles.

—Bien, veamos que tenemos. Comience usted, Mr.Adams

—Sr. Presidente, como usted mismo instruyó la reunión que se efectuará hoy en la tarde dará lugar a otras reuniones, entre ellas una reunión del Consejo de Seguridad de las Naciones Unidas. La decisión de realizar la reunión en el Consejo de Seguridad de la ONU a nivel de Jefes de Estado se debió a que las decisiones de ese órgano son de obligatorio cumplimiento.

Por la importancia y la gravedad del tema por única vez se decidió eliminar el derecho de veto de los miembros permanentes del consejo, por lo que cada uno de los acuerdos se adoptarían por simple mayoría después del debate del informe que presentaría el Presidente del Consejo elaborado a partir de los que presentaría cada uno de los miembros permanentes donde incluso aparecerían las propuestas discrepantes. El funcionario se extendió en detalles y resultados de análisis de política internacional mientras el Presidente escuchaba y jugueteaba con un bolígrafo dorado.

Londres está a la espera de coordinar una posición con Estados Unidos, pero la Cámara de los Lores se está impacientando y presionando.

En resumen, sugerimos analizar con más cuidado si esta reunión de alto nivel nos va a representar beneficios o dificultades.

El Presidente habló sin mirar a Adams.

—Gracias. Tendremos en cuenta todas las sugerencias Mr. Adams. Proceda usted. Sr Stuart —al Presidente no le gustaba que las sugerencias parecieran órdenes. El Jefe de Seguridad tomó la palabra.

—Sr. Presidente, vengo a traerle una información muy especial. Como usted sabe hoy en la tarde a las 4 se efectuará la reunión de la Comisión Especial para la atención a los cambios climáticos que como usted ha señalado reviste gran importancia para nuestro país y el mundo actual.

—Así es.

—Pues vengo a informarle que tendremos un visitante muy especial que participará en la misma —el Presidente le miró con nuevo interés, Stuard continuó.

—Hace tres días recibimos una comunicación por la vía del correo electrónico dirigida al Jefe de Seguridad de la Casa Blanca, es decir, a mi persona. El contenido del mensaje es el siguiente:

Estimado Sr. Jefe de Seguridad de la Casa Blanca.

Tengo el placer de informarle que participaré en la reunión que se efectuará en la oficina del Presidente de los Estados Unidos de América el próximo día 8 de Septiembre a las 4 de la tarde con el fin de ofrecer mis puntos de vista y recomendaciones al Sr. Presidente personalmente.

Ruego le transmita al Sr. Presidente mis respetos.

Un saludo para usted.

Conde de Saint Germain.

El presidente cruzó sus manos, ladeó la cabeza en un gesto característico de su persona y miró muy seriamente a su interlocutor.

—¿Es una broma?

—No, Sr. Presidente, es algo muy real y serio. En la mañana de hoy me he reunido con dos de nuestros especialistas y me informan que este hombre ha participado varias veces en reuniones en la oficina del Presidente de los Estados Unidos y en otras instancias como en la Presidencia de las Naciones Unidas.

—¡Y como logrará pasar?

—No podemos detenerlo, se materializa en el lugar. Pero no debemos preocuparnos demasiado por el aspecto de la seguridad. Este es un personaje positivo que siempre aparece en disposición de ayudar a resolver los problemas, sencillamente le reservaremos un asiento, lo estaremos monitoreando por el sistema de video y reforzaremos la guarnición dentro de la oficina oval, por lo demás se recomienda escuchar todo lo que tenga que decir —el Presidente se quedó pensativo mirando sus manos y luego habló quedamente.

—Ciertamente Stuard, en las circunstancias actuales cualquier ayuda puede ser preciosa. Esperemos a nuestro enigmático visitante y veamos que nos ofrece.

Año 12 000 a. c.

La mañana era soleada y el verdor del prado se perdía en una colina cercana rodeada de arbustos cubiertos de flores y algunos árboles robustos sobresalían en el paisaje, cargados de frutos. Una bandada de pájaros revoloteaba en uno de los árboles y bellas mariposas multicolores volaban de flor en flor.

En el azul del cielo, con muy pocas nubes apareció un círculo brillante y silencioso que se detuvo a poca altura del suelo. De su interior salió un hombre de barbas vestido con solo una blanca túnica. En sus manos llevaba un triángulo verde transparente y en la otra mano una bola dorada que encajaba perfectamente en su cavidad central. El hombre se volteó e hizo una señal de despedida. El círculo se movió y fue ascendiendo hasta desaparecer en el firmamento.

El recién llegado puso el triángulo sobre una piedra cercana y luego cuidadosamente sitúo la bola dorada en su centro. Unos instantes después un fino rayo violeta bajo desde el cielo azul y al coincidir con la bola dorada esparció sus influencias benefactoras.

Moel, El Enviado había llegado con una misión, sembrar el amor y la fe en todos los hombres y mujeres de esta tierra, enseñarles y ayudarles a tener una vida y un futuro cada vez mejor y sobre todo educarlos en el amor a un solo dios, el creador de todo el universo.

Miles de hombres y mujeres que vivían en tribus nómadas en aquellos enormes territorios adorando a las piedras, a los elementos y otros muchos iconos sintieron la atracción del rayo violeta y marcharon al encuentro con Moel. Esa noche llegaron los primeros. A la mañana siguiente Moel les explicó que había llegado para ayudarles y hacer de ellos una raza de seres superiores. Ante los ojos atónitos de aquella multitud bajo del cielo el arcángel Zadkiel y entre ambos crearon una hermosa construcción de piedra a la que Moel llamo El Templo de la Purificación y allí llevaron el triángulo transparente verde y la esfera dorada situándolos en un pedestal en una parte del recinto abierta en la parte superior y allí Moel dijo a todos que a partir de ese momento disfrutarían del influjo del rayo violeta y la protección del arcángel Zadkiel para la bendición de la raza humana.

Moel había dirigido los destinos de esas tierras durante muchísimos años. En estos tiempos llamaban a este país La Tierra del Sol, y bajo los designios de su mano benefactora el continente había llegado a generar una civilización profundamente culta basada en preceptos de paz y amor llegando incluso a alcanzar una sociedad floreciente con un desarrollo económico como no había conocido la humanidad en fecha anterior. Esta civilización, protegida por el egregor de la esfera dorada que yacía en el Templo de la Purificación desde su llegada a la tierra en conjunción con el rayo violeta había llevado a estos hombres hasta un altísimo nivel de perfección física y mental.

Los habitantes de La Tierra del Sol se desarrollaron durante siglos bajo la guía de Moel. Una hermosa civilización floreció y se construyeron cómodas ciudades, las personas llegaron a poseer habilidades que antes habían estado dormidas como la telepatía, la auto sanación y otras.

En esta sociedad rara vez sucedían hechos delictivos o criminales, pero en los últimos tiempos se estaban incrementando de forma muy lenta, pero real. El desarrollo de la navegación hacía que personas de otras regiones del mundo se incorporaran a la vida del país y muchos de ellos también viajaban a otros países. Otras culturas comenzaron a tomar forma así y surgió un pequeño grupo que comenzaba a tomar fuerza tratando de imponer otras costumbres y maneras de vivir.

Una noche uno de los primeros en iniciar los cambios, un hombre llamado Lidomar, escudándose en las tinieblas de la noche robó la esfera dorada del pedestal del Templo de la Purificación y se la llevó lejos de allí depositándola en un sitio secreto, fuera del alcance de todos, debajo de una montaña de metal donde ni siquiera los poderes de Moel la podrían encontrar y se marchó para siempre, a otras tierras sin dejar rastros.

Moel no estaba muy preocupado por estos indicios de cambios, pero una mañana sintió que las emanaciones de la esfera dorada no llegaban hasta él y al llegar al Templo de la Purificación descubrió que la esfera dorada había desaparecido. Moel utilizó sus profundos poderes para determinar el paradero de la esfera pero todo fue inútil.

Esta sagrada reliquia era casi imposible de ocultar, solo una gruesa cubierta de metal podría hacerla invisible para él y esa cubierta resultaría tan pesada que su transportación seria también muy difícil. Entonces concluyó que quizás hombres sin escrúpulos podrían haberla destruido de alguna manera. A partir de ese momento el rayo violeta tendría un limitado radio de acción solo en las regiones cercanas al Templo.

Pasaron decenas de años y Moel vagó por todo el país buscando la esfera pero todo fue infructuoso, pronto los males inundaron el continente

Todavía Moel buscaría la esfera dorada por todo aquel gran continente durante muchos años más mientras el vicio y la corrupción de todo tipo se fomentaban.

Con el pasar del tiempo La Tierra del Sol se llenó de ambición y ansias de poder y riquezas, fueron creados enormes ejércitos y se extendieron los conflictos de todo tipo, y muchas de las capacidades del ser humano se perdieron.

Unos años después había ascendido al poder un hombre que se autoproclamó como un dios llamado Poseidón y tomó por esposa a una mujer de nombre Clito llegando a tener una gran descendencia conformada por cinco pares de gemelos varones y fue convirtiendo aquella tierra maravillosa en una máquina de guerra dividiéndola en 10 partes y creando para si un bello palacio en la cima de una colina rodeada de canales circulares alternos de tierra y mar de modo que la colina se convertía en un lugar inaccesible para los hombres. Al primogénito de los gemelos llamado Atlante lo nombro Rey y le entregó el palacio materno. A cada uno de los demás les asignó la gobernación de una de las divisiones. Todos los hijos de Poseidón y sus descendientes llegaron a ser muy poderosos y poseyeron riquezas sin fin. Aquella tierra, a la que se llamó la Atlántida por el Rey Atlante lo generaba todo, comidas, bebidas, metales preciosos, telas maravillosas, frutos, flores. Pero aun así se importaba una enorme cantidad de objetos del exterior. Sus habitantes eran increíbles creadores manuales y sus arquitectos construían obras majestuosas.

Con el pasar de los años llenaron todo el país de puentes, desarrollaron la navegación y construyeron importantes astilleros y uno de los puertos artificiales más grandes e imponentes de esos tiempos.

Muchas de las construcciones eran de piedras blancas, negras y rojas. La acrópolis se rodeó de una gran muralla fundida en su parte superior con oricalco, metal que reflejaba resplandores como el fuego.

Los descendientes de Poseidón y Clito llegaron a conformar una pléyade de 10 reinados y en la Acrópolis se construyó el enorme templo de Poseidón con el exterior de plata y las cúpulas de oro y el techo interior cubierto de oro plata y oricalco. En el centro la estatua de Poseidón, de oro llevaba las riendas de seis caballos rodeados de 100 delfines y en los alrededores del palacio se construían estatuas de los descendientes desaparecidos de los reyes.

El imperio de la Atlántida había llegado a un nivel superlativo de esplendor, el enorme país abarcaba casi todo lo que después sería el océano Atlántico, pero los valores morales inculcados por Moel se habían deteriorado. El desarrollo referido a su poderío militar también era notable, el país estaba dividido en 60 mil distritos que a su vez se dividían en diez partes, cada distrito proveía un jefe militar que aportaría varias decenas de hombres a los ejércitos. El poderío militar de los habitantes de la Atlántida era aplastante.

Moel, conociendo que la ira divina se desataría en algún momento aglutinó a muchos de los mejores hombres y mujeres ordenándoles trabajar en la construcción de miles de embarcaciones insumergibles a las que nombraron Mandjit que ya habían desarrollado los constructores de naves de la Atlántida con el objetivo de salvarlos de la hecatombe que se avecinaba como castigo por tanto vicio, avaricia y ansias ilimitadas de poder de los atlantes.

Luego de una larga y precisa preparación la enorme flota de ejércitos atlantes partió hacia las Columnas de Hércules para entrar al Mar Mediterráneo e iniciar su conquista del mundo conocido

Era de mañana y durante la noche miles de embarcaciones se habían hecho a la mar. Ya las primeras naves estaban a las puertas de las Columnas de Hércules cuando el sol comenzó a retroceder en el firmamento y a entrar por el mismo lugar donde había salido un par de horas antes, en poco tiempo el mar se encrespó y las olas se volvieron cada vez más grandes. En la tierra todo comenzó a temblar y comenzaron enormes tormentas y torrenciales aguaceros, terremotos y maremotos que destruyeron todo a su paso, el sol desapareció y todo se hizo de noche y entonces, en medio de las tinieblas todas las naves sucumbieron mientras que en tierra fue subiendo el nivel del mar y en el transcurso de unas pocas horas el imperio atlante desapareció con toda su avanzada civilización quedando solo como un recuerdo unas cuantas islas diseminadas por el amplio océano, entre ellas el lugar donde se erigió por vez primera el Templo de la Purificación.

La fuerza divina, como castigo a tanta soberbia y ansias de poder de estos hombres lanzó su furia sobre ellos y hundió el hermoso continente de la Atlántida hacia el fondo insondable de los mares borrándolos incluso de la memoria del resto de la humanidad quedando solo una lejana historia narrada por un hombre llamado Platón muchos siglos después.

Esto sucedió en el año 9000 antes de Cristo.

11000 a. c.

Muchos años antes de la desaparición de la Atlántida Lidomar se había marchado en una nave marítima, luego de robar y esconder la esfera dorada y casi milagrosamente llegó a un lejano litoral internándose en áridas tierras semi-desérticas donde llegó a aprender a sobrevivir. Los meses y las estaciones pasaban y la vegetación se hizo cada vez más abundante hasta convertirse en selva. Ya la alimentación no era un problema, disponía de exquisitas frutas silvestres de todo tipo, carnes y agua limpia y fresca, aquí los problemas eran diferentes, las fieras, los animales venenosos pero Lidomar continuó su marcha. Una tarde, al llegar a la cima de una pequeña elevación encontró a sus pies una ciudad

Lidomar llegó a la ciudad de Ryleh y adoptó un nuevo nombre acorde con los habitantes de aquella tierra pronto fue uno más de ellos y con el pasar de los años Abdul Alhazared, que era su nuevo nombre fundó un culto a un dios de los elementos y se proclamó profeta dedicando el resto de su vida a escribir por dictado divino el libro sagrado, El Kitah Al—Azif que luego se llamaría el Necronomicom, este libro sagrado dedicado al culto de Cthulhu y que describe la vida del dios Nyarlathotep es el centro del culto ancestral a las antiguas civilizaciones llegadas de los confines espaciales y que conviven con los hombres en la tierra y en el fondo de los mares en conjunto con una extraña geometría, que son capaces de gobernar el sueño y las mentes humanas. En este libro describe su versión de la historia de la Atlántida y de la existencia de Moel como un personaje negativo y terrible para la humanidad y hace referencia en otro de sus capítulos a la Esfera Dorada escondida cuando dice: A una noche de camino en bestia Hacia donde sale el sol. Frente a la gran piedra blanca, Debajo de una montaña de metal y en una cueva a veinte estadios del mar está guardada la Esfera Dorada que expande el rayo violeta

Abdul Alhazared, vivió varios siglos en la ciudad de Ryleh como príncipe de su culto y ya incluso después de desaparecida la Atlántida y casi olvidada su existencia vagó por la tierra llegando a ciudades árabes donde se hizo famoso como profeta. En el año 738 dc. el Kitah Al—Azif, fue entonces nombrado con su título griego Necronomicom y fue traducido al griego por Theodorus Philetas, en el año 1050 fue condenado por la iglesia católica y en el 1228 fue traducido al latín por Olaus Wormius.

Capítulo 2

Año 1890.

Howard Phillips Lovecraft nació el 20 de Agosto de 1890, vivía en la ciudad de Providence en, Rhode Island, en los Estados Unidos.

Sus padres, un comerciante de joyas y una ama de casa pertenecían a la clase media baja. El joven tenía problemas con sus estudios pero desde su más tierna infancia había demostrado un talento especial para las letras. Escribía poemas. Su aspecto hacía que se apartara de los jóvenes de su edad, su cara alargada y aplastada le hacían verse a sí mismo más feo de lo que era y contribuían a un cierto complejo.

El muchacho, a los 15 años era un asiduo visitante de bibliotecas y librerías. Una tarde revisaba en una gran pila de libros de una tienda de libros de uso situada en una de las avenidas principales de la ciudad.

—Howard, ¿cómo estás? hace días no pasabas por aquí— la voz del hombre sonó a sus espaldas. Era James, el dueño de la librería, un hombre ya anciano pero muy alegre y jovial.

—Muchas ocupaciones sr. James. Y usted ¿cómo esta?

—Muy bien, muy bien. Acabo de recibir un lote de libros que pronto pondré a la venta, pero te los voy a enseñar, quizás te interese alguno.

—Qué bueno sr. James, es usted muy amable.

—No yo lo que soy es un buen vendedor —dijo James

bromeando.

—Ven, pasa por aquí—el comerciante llevó al muchacho a un cuarto posterior, y sobre la mesa se encontraban unos 50 libros de distintos tamaños.

—Siéntate y míralos tranquilamente, yo debo regresar a atender a los clientes.

Howard comenzó a revisar los libros con interés. Cuando ya había revisado más de veinte decidió descansar un poco la vista. Dejó vagar un poco la mirada por los alrededores y esta se detuvo en un estante. En un compartimiento, detrás de una puertecita de cristal había un solo libro. Howard lo tomó y lo llevó a la mesa. Era un viejo libro, con las hojas amarillas y en su portada aparecía el titulo con grandes caracteres NECRONOMICOM, Traducción del latín al inglés.

La traducción era muy difícil de interpretar, estaba escrita en un inglés muy antiguo y con muchas referencias al pie de página. Narraba una historia de antiquísimos dioses y civilizaciones llegados de lugares perdidos en el espacio, hombres batracios y escenas terribles, hablaba también de prosperas civilizaciones humanas perdidas. El libro atrajo tanto a Howard que no pudo separarse de aquella lectura. James regresó

—Howard, ¿qué haces con ese libro?

—Disculpe, Sr. James, es que ya había visto todos estos y ese me llamó la atención, disculpe. ¿No me puede vender ese? —James tomó el libro y lo volvió a poner en su lugar.

—No, hijo. Ese libro no se vende. Como ves lo tengo en un lugar especial Pero si tanto te interesa puedes venir a consultarlo y leerlo aquí, por algo te conozco desde peque- ño —el muchacho se marchó muy contento.

Esa noche Howard soñó con el libro y al día siguiente tomó notas de su sueño, en su mente comenzaron a tejer- se fantásticas historias relacionadas con el Necronomicom. Muy a menudo visitaba a su amigo James y consultaba el libro tomando notas, luego consultaba otros libros en las bibliotecas. Así pasaron casi dos años.

Un día frio Howard llegó a la librería y encontró allí a otra persona. Él había ido a pasar unas vacaciones en casa de unos parientes y llevaba dos semanas fuera de la ciudad.

—¿Y el Sr. James? —preguntó.

—James ha vendido la librería y yo soy el nuevo dueño. Mi nombre es Mark —Howard se quedó anonadado.

—Mire, Mark, hay un libro, un libro que me interesa. Si lo dejó se lo compraría a usted. Está en el estante del cuarto trasero —el hombre le miró extrañado.

—Bueno hijo, pasa veamos cual es —los dos entraron, allí había muchos libros, como siempre, pero el estante de la puertecita de cristal estaba vacío.

—¿Y usted, no sabe dónde puedo localizarle?

—No hijo, se ha marchado sin dejar dirección.

—Si pasa por aquí o se comunica con usted dígale que

Howard está buscando el libro.

Howard cada vez soñaba más con el Necronomicom y comenzó a escribir novelas relacionadas con su contenido, en sus obras hacía referencia al Necronomicon y al culto de Cthulhu.

Su padre falleció cuando él tenía ocho años de edad producto de una enfermedad, su madre falleció en 1921 cuando él contaba con veinte nueve años y esto afectó mucho su salud general. Él se casó en 1924 con una bella mujer mayor que él llamada Sonia Greene pero el matrimonio terminó en un fracaso. Por esta época dejó de escribir, pero unos años después Howard escribió muchas novelas de terror y las llegó a publicar. A pesar de ello no era un autor muy conocido.

Llegó a tener un grupo de amigos casi todos escritores llamados el Círculo de Lovecraft y se reunían muchas tardes en un céntrico bar de Providence.

Una noche la aldaba de la puerta de la casa de Howard sonó insistentemente. El escritor se levantó casi dormido envolviéndose en una bata y abrió la puerta. Allí estaba parado un hombre viejo, muy delgado que no conoció al principio.

—Howard, ¿ya no me conoces? —pronto reconoció en la voz a James, el librero.

—Sr. James, pase por favor —el hombre estaba ya muy viejo y delgado.

—No, Howard, debo irme, me esperan, solo vine a traerte

este libro, ya pronto no lo necesitaré y quería dejártelo antes de partir —el viejo James depositó en las manos de Howard la vieja copia del Necronomicom.

—Adiós, Howard, buena suerte.

—Muchas gracias, Mr. James —dijo Howard viéndolo partir.

Howard dedicó todo el tiempo a estudiar el libro que había retornado a sus manos y durante meses y meses rebuscó en las bibliotecas, consultó mapas, compró docenas de libros, revistas, publicaciones de todo tipo. Comprendió que aquel libro, que para todos no existía, que sus originales en árabe y otras lenguas se habían perdido era un tesoro que había venido a parar a sus manos, pero este tesoro de cosas terribles que había sabido manejar hasta en sus sueños y pesadillas para ayudarle a escribir sus fantásticas historias poseía detalles ocultos que si lograba descifrar podrían llevarlo hasta niveles insospechados del conocimiento humano. Las largas lecturas le habían hecho detenerse en las referencias a la Esfera Dorada. Algo que estaba oculto en algún lugar. ¿De que se trataba?, una esfera de oro puro, una enorme piedra preciosa, un tesoro de otro tipo?

Los estudios lo llevaron a buscar referencias al Templo de la Purificación, situado en algún lugar sobre la Isla de Cuba, entre el Este de la playa de Varadero y la región de Topes de Collantes. Refiriéndose a la perdida de la joya del Templo de la Purificación en la Atlántida el párrafo decía literalmente:

A una noche de camino en bestia Hacia donde sale el sol. Frente a la gran piedra blanca, Debajo de una montaña de metal y en una cueva a veinte estadios del mar esta guardada la Esfera Dorada que expande el rayo violeta.

Más de un año le costó a Howard determinar que partiendo de la zona donde se encuentra el Templo de la Purificación, hacia donde sale el sol, es decir, hacia el este, hacia la región oriental de Cuba solo existe una montaña de metal conocida, las minas de Níquel de la región de Moa, situadas tan cerca del mar que pueden estar fácilmente a 20 estadios del mar (medida griega equivalente a 192 m.). Solo le quedaba buscar la gran piedra blanca y la cueva de referencia.

Capítulo 3

Lázaro Rodríguez era cubano, había nacido en 1917 y sus padres, una pareja de criollos cubanos nombrados Cándida y Felino que habían emigrado cuando era pequeño habían viajado a los Estados Unidos llevándoselo a él en 1927. Había aprendido a hablar correctamente el idioma y esto le abrió muchas puertas en este país. Trabajó en muchas actividades diferentes y luego de infructuosos intentos de triunfar, terminó trabajando en un taller de fabricación de monturas para caballos en Rhode Island. Tenía un trabajo bien pagado y como trabajaba muy bien el cuero, podía considerarse un joven de éxito en medio de la gran crisis económica del país. Todas las tardes terminaba el día en una barra tomando algunos tragos y aunque no era un alcohólico le gustaba tomarse sus tragos frecuentemente. Pronto hizo muchas amistades en ese lugar que visitaba en las tardes, dentro del grupo se destacaba un escritor que era el ídolo de los escritores que se reunían en el lugar. Este hombre contaba extrañas historias de terror que todos esperaban con ansiedad y paralizaban a la tertulia. Con el pasar del tiempo se fue acercando y aunque no era escritor llegó a formar parte del círculo de Lovecraft.

Todos se extrañaban de que el propio Howard hubiese propiciado el acercamiento con el cubano hasta incluirlo en el grupo de sus amistades sabiendo que el escritor era un hombre de tendencias racistas que rechazaba sobre todo a

negros, mestizos y latinos, pero por alguna razón descono-
cida había hecho una excepción con Lázaro, quizás por su
carácter

—¡Miren quien llegó! —dijo Howard al hacer su entrada
el cubano.

—Hola, amigos —saludó Lázaro levantando su copa.

Esa tarde Howard contó una de sus excelentes historias y
antes de marcharse se acercó a Lázaro con una tarjeta en la
mano y una sonrisa en los labios.

—Lázaro, quiero hacerle una invitación. Mañana le espero
a cenar en mi casa. Esta es la dirección. Por favor, no falte.

—Muchas gracias, allí estaré —Lázaro se sintió muy com-
placido por la invitación donde seguro estarían muchas más
personas conocidas.

Al día siguiente Lázaro llegó a la antigua casona. Llamó a
la puerta y un viejo sirviente le abrió.

—Buenas noches, ¿el Sr. Lázaro? —peguntó.

—Sí, Buenas noches.

—Adelante, por favor.

El sirviente le ofreció asiento en una butaca del amplio
salón finamente decorado. Unos minutos después aparecía
Howard con un impecable traje gris.

—Buenas noches, amigo. Adelante, por favor —Howard
apretó la diestra de Lázaro y le guió por un corredor hasta
un agradable comedor. Para sorpresa de Lázaro no había
más comensales, solo ellos dos. Howard, que era un exce-

lente anfitrión habló de su infancia y los viajes a los bosques donde vivieron sus familiares. Lázaro pudo observarlo mejor que nunca, era un rostro anormalmente alargado de pómulos salientes y la falta de salud hacía que luciera sombrío a pesar de tratar de ser agradable, cuando sonreía su aspecto lucía peor aún.

La comida había sido exquisita y el vino de primera calidad. Al terminar pasaron a un pequeño salón de estar cercano a una chimenea.

—Amigo Lázaro. Usted se sorprenderá de que le haya invitado a usted solo, lo que para mí es un honor, pero es que debo hablarle de importantes temas.

—Muchas gracias por su invitación tan especial. Le aseguro que me siento muy honrado por la misma.

—Mire. Como usted sabe soy escritor. Todos saben que la gran parte de mis obras giran en torno a un culto ancestral que aparentemente ha sido creado por mi ficción. Esto en parte es cierto y en parte no. Me he basado en ciertas referencias que me han permitido elaborar toda esa fantasía. Pero he llegado a un punto en que mi vida debe cambiar y quisiera que usted me ayudara a realizar estos cambios — Howard hizo una pausa y Lázaro se acomodó en la butaca. La conversación tomaba un rumbo interesante.

—En primer lugar mi salud esta quebrantada y sufro mucho con los climas fríos. Debo buscar otros climas que me permitan vivir mejor. En segundo lugar, estoy trabajando en un tema que es para mí muy importante y estoy pensando en instalarme en la Isla de Cuba. La casualidad ha querido que uno de mis amigos sea de origen cubano y ese es usted, yo no hablo español y allí voy a necesitar una persona como usted que me ayude en todos mis objetivos. En resumen le ofrezco que se convierta en mi ayudante personal, no en mi sirviente. Como usted puede ver dispongo de una pequeña fortuna producto de la herencia de mi abuelo y las ventas de mis libros y eso me permitirá pagarle por sus servicios mucho más de lo que usted se imagina. Conozco mis virtudes y defectos y usted puede estar seguro de que nunca le trataré de manera denigrante ni irrespetuosa. ¿Qué le parece? — Lázaro estaba indeciso, la proposición le había tomado por sorpresa, pero ¿qué mejor proposición se le podía hacer? Regresar a su tierra con dinero. Era la mejor oferta de su vida.

—Pues estoy de acuerdo.

—Bien entonces comencemos por organizar mi muerte — Lázaro dio un salto en la butaca.

—Como que su muerte, ¿qué dice usted? —Howard sonrió.

—No me interprete mal. Vamos a hacer creer a todos que he muerto. Así no me perseguirá la prensa y podré trabajar en paz en mis nuevos proyectos —Lázaro respiró tranquilizado.

—En los próximos días le informaré lo que hay que hacer.

Espero que todo salga bien.

En los días siguientes Howard escribió a todos hablando de sus males y dejó de asistir al círculo de amigos de Lovecraft. Días después se corrió la voz de que había sido internado en el hospital Jane Brown Memorial de Providence, lo cual no era verdad y tres días después Howard pagó a una empresa de pompas fúnebres para que organizara su funeral. El 15 de Marzo de 1937 fallecía aparentemente el escritor Howard Phillips Lovecraft de un cáncer intestinal renal y fue enterrado en el cementerio de Swan Point. En la lápida que erigieron sus amigos aparece la inscripción "Yo Soy Providence".

Dos días después Howard y Lázaro partían del puerto de Newport hacia la Habana en el Barco "Sirene II".

Capítulo 4

Año 9000 a.c.

Moel, El Enviado, continuó con su misión de inculcar en los humanos la fe a un solo Dios, el amor y todas las virtudes que deben adornar la vida, así partió de la Atlántida llevándose el triángulo verde transparente, base de la desaparecida Esfera Dorada y con ella ascendió a una elevada montaña eternamente nevada en el Tibet escondiendo la sagrada reliquia en una cavidad natural de una ladera inaccesible de la montaña. Moel tomó entonces otro camino iniciando una nueva etapa de su vida.

Una gran cantidad de atlantes que ya se encontraban en otros mares lejos de su tierra, otros que lograron abordar embarcaciones sin naufragar y los que partieron en las naves insumergibles pudieron sobrevivir a la catástrofe. Muchos desembarcaron en las costas de la región que después se llamaría Marruecos y otros países vecinos y muchas naves insumergibles vararon en tierra firme de otros países.

Durante mucho tiempo Moel, que entonces pasó a llamarse Horus los fue aglutinando y cuando ya eran algunos miles los organizó y guió partiendo con todos ellos como un pueblo nómada más llegando mucho tiempo después a las orillas del Nilo en Egipto llevando consigo toda la cultura, las costumbres y los grandes conocimientos del pueblo atlante.

Bajo la dirección de Horus los arquitectos atlantes construyeron durante decenas de años el fastuoso Templo de Dendera, allí se volcaron todos los conocimientos traídos de su desaparecida tierra, los últimos desarrollos de los métodos arquitectónicos ideados por los atlantes quedaron impresos en sus paredes y techos junto con los fundamentos de toda la astrología y la astronomía, pero lo más impresionante que construyeron fue el techo del templo. Este techo se construyó en una sola loza de varias toneladas. En la loza fue esculpido el zodiaco y se marca el paso de un superdiluvio. En este zodiaco todas las constelaciones están conducidas por la de Leo que está sobre una barca lo cual indica el tiempo en que existió la Atlántida.

Durante los siglos siguientes se inició y desarrolló toda una dinastía faraónica que utilizó profundamente los amplios conocimientos de todo tipo transferidos por la colonia atlante y divulgados desde el Templo de la Dama del Cielo o Templo de Dendera el cual fue reconstruido 6 veces a lo largo de la historia. La tercera de estas reconstrucciones aparece refrendada en un documento del Faraón Keops donde ordenó la tercera reconstrucción de ese templo.

Ya en el siglo XVIII cuando el Ejército del Sur de Napoleón al mando del general Desaix perseguía al ejército Mameluco por el desierto, durante un alto se abrió un hueco en la arena bajo el peso de unas cajas de municiones descubriéndose un gran salón. Con este ejército viajaban dos docenas de científicos que inmediatamente valoraron el descubrimiento. Un tiempo después el francés Lelorrain fue el encargado de llevar esta loza de varias toneladas a Francia. Los estudios de esta fabulosa loza generaron grandes disputas relacionadas con las fechas señaladas por estos jeroglíficos, incluida la opinión del equipo de astrónomos dirigidos por el científico Charles Dupuis, quien señaló la fecha en más de 12000 años atrás.

La disputa terminó con la aparición del Arzobispo de Paris que amenazó con la excomunión a quienes mantuvieran esas tesis. El motivo era que según El Vaticano la creación del hombre fue realizada 4000 años antes de Cristo, es decir, no podrían haber existido hombres en fecha anterior.

El planisferio de Dendera llegó en 1822 al Museo Imperial de Paris que después pasaría a ser el Museo del Louvre y allí se encuentra.

Esta colonia atlante influyó grandemente en el desarrollo egipcio de los siglos posteriores, algunos conocimientos que llevaron a Egipto, como el uso de la luz artificial, que esta refrendado en numerosos dibujos se perdieron con el paso de los años, pero muchos otros trasladados por la colonia atlante que se insertó en Egipto llevaron a la cultura egipcia a la cúspide de la cultura mundial de su tiempo iniciándose las dinastías faraónicas, la construcción de gigantescos monumentos piramidales, numerosos templos y ciudades y de la Efigie.

Capítulo 5

4000 a.c.

El hombre tiene muchos orígenes, uno de ellos, el de los seres de otros mundos que llegaron a la tierra en tiempos inmemoriales ellos mandaron a Moel, El Enviado.

El más conocido de todos es la historia bíblica de Adán y Eva que comieron de la fruta prohibida en el Jardín del Edén y está falta de obediencia les acarreó la expulsión del Paraíso (Génesis 3:24). Expulsión en la que Dios les castigó con la muerte, el dolor, la vergüenza y el trabajo "Con el sudor de tu rostro comerás el pan hasta que vuelvas a la tierra, porque de ella fuiste tomado; pues polvo eres, y al polvo volverás" (Génesis 3:19) o "parirás a tus hijos con dolor" (Génesis 3:16). Estos hechos son conocidos como el Pecado original.

El Adán y Eva científicos.

Actualmente, gracias a los análisis científicos, se sabe que evolutivamente habría existido un antepasado común masculino y uno femenino; a los cuales se les nombró como sus símiles religiosos.

A la Eva se denomina Eva mitocondrial. Se sabe de la existencia posible de esta Eva mitocondrial a causa de las mitocondrias (un orgánulo celular) que sólo pasa de la madre a la prole. Cada mitocondria contiene ADN mitocondrial y la comparación de las secuencias de este ADN revela una filogenia molecular. Así este análisis estaría indicando que todas las líneas maternas convergen en un punto en que todas las hijas que tuvieron descendientes actuales comparten la misma ancestro; sucediendo esto entre hace 150.000 o 200.000 años, cuando ya habrían existido los primeros y más primitivos Homo sapiens, tales como el Homo sapiens idaltu.

En el caso del ancestro común más cercano por vía paterna, éste ha sido apodado Adán cromosoma Y. Así como las mitocondrias se heredan por vía materna, los cromosomas Y se heredan por vía paterna. El análisis de estos cromosomas igualmente indicaría que todas las líneas paternas convergen en un punto en que todos los hijos que tuvieron descendientes actuales comparten el mismo padre ya humano; sucediendo esto alrededor de hace 70.000 años, cuando ya existía la especie Homo sapiens, con todos sus rasgos morfológicos actuales.

En resumen, como señala el notable teólogo libanés Suhail Assad, el proceso de la creación divina del ser humano es infinito. Es decir, pudieron existir seres humanos en diversas épocas anteriores pero el Adan y Eva bíblicos son sin dudas los padres de los humanos actuales.

Otros orígenes abarcan la evolución de las especies según las teorías de Charles Darwin y la descendencia de seres extraterrestres entre los cuales se encuentran los Atlantes, luego dirigidos por Moel, El Enviado de sus antepasados originales.

Capítulo 6

Año 2000 a.c.

El profeta Abraham nació en Babilonia en un ambiente idólatra donde los hombres esculpían sus ídolos y rendían culto a las estrellas, en las inmediaciones de los ríos Tigris y Éufrates. En la época en que nació Abraham Babilonia estaba gobernada por Nimrod ibn Canaan, idólatra empedernido y megalómano que llegó a considerarse dios del universo. Cierta vez los astrólogos se le acercaron y le dijeron "Tu reinado está próximo a ser destruido por un babilónico", Nimrod entonces preguntó: ¿Ha nacido ya? A lo que los adivinos le respondieron que aún no había nacido. Entonces Nimrod mandó a separar a los hombres de las mujeres y también ordenó asesinar a todos los varones que nacieran a partir de ese día. La madre de Abraham que estaba recientemente embarazada se mantuvo entonces oculta los nueve meses de gestación. Cuando Abraham nació permaneció en una cueva muchos años.

Moel continuó con su labor de guiar a los hombres en el camino de la fe y se ocultó en aquella cueva incluso a los ojos de la madre del niño. De pequeño él le alimentaba y cuidaba y a medida que fue creciendo fue abriéndole los ojos al mundo y preparándole en la fe y el amor a Dios, inculcándole la idea de la existencia de un solo dios todopoderoso en contraposición a las creencias de los seguidores de Nimrod.

Moel le enseñó a utilizar las armas del convencimiento, la lógica y el argumento para hacer que las personas comprendieran que solo existe un dios. Y que la fe le protegería de todos sus enemigos desmoralizándolos.

Abraham permaneció 13 años en la cueva junto a Moel y a esa edad su madre lo llevó a vivir junto a ella. Poco tiempo después fue detectado pero su madre declaró que había nacido antes de la profecía de los adivinos y salvó su vida.

Abraham comenzó transmitiendo su mensaje a sus familiares y luego a todos los que le rodeaban. Su primer enfrentamiento fue con su padre Azar, quien era uno de los astrólogos de la casa real. Su padre, al ver que Abraham tenía otras ideas le dijo:

—Aléjate de mí por mucho tiempo.

A lo que Abraham contestó:

—Que la paz sea contigo, imploraré por ti el perdón de mi señor.

Cierta vez idolatras e inicuos disfrutaron de una gran fiesta y se marcharon a los campos a descansar. Abraham se disculpó diciendo que estaba enfermo pero en realidad desde hacía mucho tiempo esperaba este momento en que la ciudad quedaría vacía.

Entonces Abraham fue al templo principal y destruyó todas las imágenes dejando solo la mayor. Cuando los idolatras regresaron le buscaron intuyendo que él era el responsable, al interrogarlo él dijo, —Fue el ídolo principal el que destruyó a los demás, pregúntenle a él entonces se hizo un juicio con Nimrod al frente y Abraham fue condenado a ser catapultado hacia un fuego gigante.

El fuego fue preparado y era tan grande que las aves no podían sobrevolarlo, entonces Abraham fue situado en una catapulta y en ese momento el ángel Gabriel descendió y le dijo:

—Pídeme lo que deseas

A lo que Abraham respondió:

—Lo pediré, pero no a ti, a mi señor —y así fue como Nimrod, que se encontraba sentado en una ventana para ver como Abraham era consumido por el fuego pudo ver sorprendido cuando se accionó la catapulta como la hoguera se convertía en un jardín de flores pero Abraham no fue perdonado, fue condenado al exilio.

Después de estos hechos Abraham emigró hacia Canaan acompañado de un grupo de personas entre las que se encontraba Moel que se había convertido en uno de sus principales consejeros, llegando a establecerse en Mamre. Abraham se había casado con Sara que resultó ser estéril y ella misma le impulsó a desposar a su esclava Agar, finalmente de esta última unión nació Ismael y posteriormente Sara llegó a tener un hijo que se llamó Isaac. Según cuenta la biblia Dios le pidió a Abraham que sacrificara a su hijo Isaac y en el último momento detuvo el sacrificio y le prometió las tierras de Canaan. El símbolo de esta alianza fue la circuncisión. De esta manera Abraham es considerado el padre del judaísmo siendo el depositario de la bendición de Dios para todos los pueblos tanto por la religión judía como por la cristiana y también por la musulmana ya que su hijo Ismael es considerado el padre de todos los árabes porque de su línea de sucesión más de 20 generaciones después surgió la figura de Mahoma, el profeta del Islam. Abraham es así considerado por la historia como el padre del monoteísmo y de las tres principales religiones universales que a su vez dieron origen a muchas otras más.

La práctica del judaísmo se basa en las enseñanzas contenidas en La Torá o Pentateuco. El rasgo principal de la fe judía se basa en la creencia en un Dios omnisciente, omnipotente y providente que creó el pueblo judío para revelarle la ley contenida en los Diez Mandamientos y las prescripciones de La Torá. Se caracteriza además por ser realmente la cultura y la tradición de un pueblo más que una religión.

Abraham recibió la promesa, no solo aquella de que uno de sus descendientes sería el Mesías sino también la de la tierra prometida:

Génesis 17:7—8: "Y estableceré mi pacto entre mí y tú, y tu descendencia después de ti en sus generaciones, en pacto perpetuo, para ser tu Dios, y el de tu descendencia después de ti. Y te daré a ti, y a tu descendencia después de ti la tierra que moras, toda la tierra de Canaán en heredad perpetua; y seré el Dios de ellos."

Abraham murió acompañado por Moel a la edad de ciento setenta y cinco años y su tumba se encuentra en la caverna de Makpela, al este de Mamre.

Capítulo 7

Año 1335 a.c.

Amenhotep, arquitecto y científico había logrado llegar a las altas esferas del poder junto con otras personalidades, corría el año 1335 a. c. y una de las más importantes tareas asignadas a él era la de asesorar al joven Akhenatón el país era una potencia próspera y la corona gozaba de cuantiosos recursos.

La figura de Amenhotep contrastaba físicamente con el standard, era un hombre de 6 pies, su piel era amarillo pálido, los cabellos oscuros y ondulados y su mirada profunda y brillante era rasgo principal de su carácter, vestía una túnica violeta y sandalias. Esta era la nueva caracterización de Moel El Enviado convertido en el egipcio Amenhotep que durante años había inculcado las ideas de un solo dios omnipresente en la mente del joven heredero al trono del Faraón.

Akhenaton era un joven muy alto para la media de sus 16 años. Tenía una nariz afilada y largas extremidades y sus ojos eran de rasgos más asiáticos que egipcios.

Una mañana en el horario que correspondía a su preparación se reunió con sus profesores. En el amplio recinto ya estaban sentados Amenohtep, Suti y Hor, todos científicos y arquitectos. Los tres hombres lo recibieron y saludaron respetuosamente, de acuerdo a su jerarquía.

Las primeras conferencias se refirieron a la arquitectura.

Luego Amenohtep pasó al tema teológico, que abordaba frecuentemente en estas clases, señalando que un pensamiento más avanzado como el suyo no sería bien comprendido por los sacerdotes sobre todo teniendo en cuenta que el culto a múltiples dioses estaba profundamente enraizado en la cultura egipcia de la época. Pero al Príncipe de Egipto no le importaban las consecuencias, cuando él ascendiera al trono como Faraón ordenaría cambiar toda esa cultura y adorar solo al dios Amón a pesar del poder de los sacerdotes.

De esta manera Akhenaton, hijo de Judía y de Amenofis III llegó a ser faraón gobernando en una potencia prospera con posesiones en Siria y Palestina. Nefertiti una hermosa mujer cuyo nombre significa "La bella que ha venido" se convirtió en su esposa en busca de una alianza política con un rey Hitita y así, con la ayuda de Amenohtep y el resto de sus consejeros Akhenaton convirtió la cultura egipcia en monoteísta, sustituyendo a todos los antiguos dioses por el dios Amón. Las discrepancias con los sacerdotes egipcios fueron tales que a su muerte fue conocido como el Faraón Hereje.

De las ideas de Thumose III, y de Akhenaton surge la Escuela de los Misterios que dan origen a la Orden Rosacruz. En esta hermandad cada miembro recibe enseñanzas sobre el significado y la aplicación de las leyes Cósmicas y Naturales en el Universo en torno a sí, y en sí mismo. Así se agrupa en una filosofía de la vida, idealismo metafísico, y prácticas como la física, la química, la biología, la fisiología y la sicología. Buscando también para sus campañas pedagógicas liberar a la sociedad de la esclavizadora influencia de la superstición a través del desarrollo de la conciencia interna. Los Rosacruces creen en la existencia de una conciencia cósmica que rige todo el universo y por consiguiente sus ideas son también monoteístas. Esta hermandad más tarde se extendió a Grecia y Roma.

El Faraón Akenaton es derribado por una revuelta sacerdotal. Fue víctima de un sangriento atentado donde una flecha casi acaba con su vida, pero su maestro Amenohtep logró llevarse su cuerpo malherido hacia el país de Madian donde lo escondió en una humilde vivienda salvándole la vida.

Sus enemigos nunca encontraron su cuerpo y lo declararon El Faraón Hereje, su nombre fue borrado de los monumentos pero sus ideas monoteístas permanecieron vivas.

Akenaton y Amenohtep vivieron muchos años en el anonimato.

Tiempo después un Faraón ordenó exterminar a todos los varones recién nacidos pero su propia hija recogerá a un niño dentro de una cesta en el rio al que llamaron el nacido de las aguas, Moisés, este niño que se crió en la corte se convirtió en un joven y años después huyó de Egipto por una disputa con un capataz al que dió muerte y se refugió muy mal de salud en el país de Madian, más allá de los confines orientales del Delta.

Akenaton, quien había desposado a una hija de Jetro, un sacerdote de Madian y Amenohtep encuentran a Moisés desmayado y lo llevan a su hogar donde la ayudan. Unos días después mientras pastoreaban un rebaño en el Monte Sinaí se les apareció una rama encendida que no se consumía y les ordenó que sacaran al pueblo hebreo de Egipto y les guiaran. Como Moisés ya tenía la salud muy quebrantada Akenaton tomaría su identidad y cumpliría la misión en su nombre otorgándosele amplios poderes.

De esta manera Moisés es sustituido por Akenathon, con la ayuda de Amenohtep el cual conseguirá años después cumplir la profecía.

Akenathon, convertido en Moisés y acompañado por Amenohtep regresa a Egipto y lucha por obtener el permiso del Faraón para llevarse al pueblo hebreo de Egipto que ha sufrido una interminable esclavitud trabajando en la construcción de carreteras y pirámides en el valle del Nilo bajo la vigilancia de las poderosas tropas reales. El Faraón le niega el permiso y entonces Moisés hace uso de sus poderes y Egipto se llena de diez terribles plagas que infectan todo y acaban con cosechas, animales y hasta afectan al clima. Pero el Faraón no cedió. Entonces una nueva maldición hace que mueran todos los primogénitos en todas las familias menos en las de los hebreos que inmolarían un cordero y verterían su sangre en los dinteles de las puertas para marcar sus casas. Al día siguiente el Faraón ordenó la salida de todos los hebreos de Egipto.

Moisés llevó a su pueblo a través del desierto abriendo milagrosamente las aguas del Mar Rojo hasta el monte Sinaí y allí acamparon. Entonces Moisés desapareció en medio de una tempestad con dos tablas de piedra y al regresar llevaba en ellas grabados los diez mandamientos que Yahve, como llamaban los hebreos a Dios le había entregado a Moisés y de esta forma lo reconocieron como un enviado de dios acompañándole por el desierto hacia un nuevo destino.

Este viaje, llamado el Éxodo duró cuarenta años llegando finalmente a una tierra próspera llamada Palestina.

Cuando esta tierra se vislumbró en el horizonte ya Moisés estaba muy enfermo y cansado y murió a la edad de ciento veinte años.

Es así como Amenohtep, o Moel, El Enviado terminó la misión iniciada junto a Moisés.

Al frente del pueblo judío llegó a aquella tierra donde habitaba una pequeña tribu de cretenses llamados Filisteos a los que los hebreos llamaron palestinos. Allí también vivía otro pueblo llamados cananeos y los hebreos los obligaron a salir hacia los valles. Los recién llegados a esta tierra prometida construyeron la ciudad de Jerusalén y erigieron un gran templo a Yahve, habían sido liberados del yugo de la esclavitud para ser libres para siempre y también el pueblo judío sería el primer pueblo que adoraba a un único dios bajo la guía de Amenohtep o Moel El Enviado que había adoptado el nuevo nombre de Josué.

Moisés fue llorado por su pueblo durante treinta días y treinta noches, su sepulcro jamás ha sido hallado. La Biblia dice que Moisés al momento de fallecer no había perdido sus facultades físicas.

Capítulo 8

Año 970 a.c.

El Rey Salomón fue el tercero y último rey de todo Israel incluyendo el reino de Judá. Es célebre entre todos los hombres de la tierra por su sabiduría, riqueza y poder. Salomón construyó el templo de Jerusalén y es uno de los maestros de La Cábala.

Los padres de Salomón fueron el rey David y Betsabe. Moel, el enviado llegó a ser uno de los principales magos que conformaban la corte del rey David bajo el nombre de Eclesos.

Después que se cumpliera la profecía de que uno de sus hijos moriría por haber mandado a matar a Uria, David y Betsabe fecundaron a Salomón y el mago Eclesos fue uno de sus principales maestros y consejeros durante toda su vida.

De Eclesos aprendió Salomón toda su magia, la trasmutación de metales y muchos otros poderes desconocidos para el hombre. Sucedió a su padre en el 970 a. de Cristo después de una profunda purga en las altas esferas del reinado.

Durante sus cuarenta años de reinado la monarquía hebrea de Israel conoció su mayor esplendor y durante el mismo se erigieron hermosas obras arquitectónicas que pasaron a la historia por su belleza y complejidad.

Salomón y Eclesos, llegaron a encontrar el sueño de los alquimistas, la piedra filosofal, procedimiento que convertía otros metales en oro y que fue una de las bases de las enormes riquezas de Salomón.

Este rey llegó a tener setecientas mujeres reinas y trescientas concubinas.

Las ansias de poderes llegaron a fomentar la división de Israel.

En los fundamentos de la iglesia ortodoxa etíope aparece como el rey Salomón llegó a tener un hijo con la reina de Saba llamado Menelik que a su vez llego a ser rey de Etiopia.

El rey Salomón dejó en la historia los rastros de su profunda sabiduría y decisión al impartir justicia y algunas obras fundamentales de magia negra que solo entienden los iniciados en estos conocimientos como Los Siete Caramelos Negros.

Los Masones año 859 a.c.

Uno de los arquitectos que dirigieron la construcción del Templo del Rey Salomón fue Hiram Abib, reencarnación adoptada por Moel, El Enviado. Este pertenecía a un grupo de constructores que se reunían en secreto. Cuenta la historia que un grupo de trabajadores, interesados en obtener los secretos profesionales que poseía le asaltaron y llegaron a asesinarle sin poder arrancarle estos secretos. Así Hiram Abib se convirtió en el primer Mason conocido de la historia.

Durante la historia posterior a estos hechos las primeras

logias masónicas estuvieron asociadas a la construcción de las catedrales y otras grandes obras durante siglos y en todas las construcciones que han sobrevivido al tiempo aparecen las marcas impuestas por aquellos masones que las construyeron.

La masonería es una asociación fraternal que se basa en la creencia de una entidad superior a la que se nombra el Gran Arquitecto del Universo y sus miembros deben cumplir con requisitos de moralidad, ética, tolerancia, fraternidad y el juramento de guardar los secretos que caracterizan a la misma. Sus miembros pueden pertenecer a diferentes grupos sociales, religiones diversas y todo tipo de ocupaciones, dentro de la logia todos serán iguales.

Los grados de la masonería son tres, Aprendiz, Compañero y Maestro y se realiza una iniciación que incluye rituales, herramientas y objetos esotéricos, reflexiones y en la cual se escenifica un drama donde el que se inicia es guiado con los ojos vendados y realizara un juramento donde se compromete a proteger los secretos de la hermandad diciendo; "Juro proteger nuestros secretos bajo no menos pena de que me corten el cuello, me arranquen la lengua desde la raíz o me entierren bajo el nivel del agua".

Del siglo XIII al XVI los masones dirigieron las más importantes construcciones de toda Europa y se mantenían en agrupaciones reservadas para evitar ser reprimidos por el poder eclesiástico, y continuaban protegiendo sus secretos.

Debemos tener en cuenta que sus profesionales contaban con profundos conocimientos de física, química, matemáticas, geometría, arquitectura y otros que constituían un poder real que les permitía erigir obras monumentales que han resistido el paso del tiempo y de los fenómenos naturales.

En 1717 se crea en Londres oficialmente la primera logia masónica. En estas logias, que aunque eran públicamente conocidas se mantenía el carácter secreto de sus actividades se fueron agrupando personalidades asociadas al poder; políticos, científicos, intelectuales y otros de las más altas capas sociales que se mezclaron con los constructores y otros de esferas más humildes y esta composición le dio un atractivo especial a la organización, pero además sentó las bases para que la masonería llegara a tener un papel preponderante en la creación de las nuevas bases de las naciones constituidas a partir de entonces en Europa y América extendiendo su influencia a todas partes del mundo.

La palabra Mason es de origen francesa y significa albañil, años después pasaría a convertirse en el término Francmasonería.

En 1730 se crea la primera logia oficial en el continente americano y en 1789 la francmasonería tiene un papel fundamental en la Revolución Francesa. El lema Libertad, Igualdad y Fraternidad adoptado por los que dirigieron este movimiento social, que fueron muchos de ellos francmasones es también una divisa masónica.

Los inicios de la revolución americana coinciden con la revolución francesa pero allí el papel de la francmasonería será aún más profundo hasta el punto de que se puede afirmar que los Estados Unidos de América fueron creados por francmasones porque casi todos los padres de la patria de ese país eran francmasones activos.

George Washington entró a la masonería a los 20 años de edad y continuó siendo masón el resto de su vida, en los dibujos de la época aparece con su mandil de francmasón en las actividades oficiales. Las obras arquitectónicas emblemáticas como el capitolio y el monumento a Washington están llenas de símbolos masónicos e incluso, el diseño del billete de un dólar también posee numerosos símbolos masónicos, entre ellos una pirámide con un ojo que significa "El ojo que todo lo ve".

Los fundamentos de la creación de la constitución norteamericana están basados en principios masónicos. Incluso la ciudad de Washington fue diseñada en forma de escuadra y los edificios oficiales principales incluyen piedras angulares masónicas.

El célebre inventor Benjamín Franklin otro de los padres de la patria también era masón y al menos diez presidentes de los Estados Unidos fueron iniciados en la masonería.

Los países latinoamericanos también incluyen en muchos casos orígenes francmasones en su creación y gran parte de sus próceres fueron francmasones.

Capítulo 9

Año 2010.

Las mañanas en la región de Transilvania, en Rumania son habitualmente muy frías, sobre todo en las regiones rurales cercanas a los Cárpatos cubiertos de bosques inmersos en una niebla espesa.

El hombre se levantó y envolviéndose en una bata de dormir calzó sus pantuflas y se dirigió a una pequeña habitación sentándose frente a una computadora de chassis transparente. La imagen se abrió inmediatamente en el gran monitor plano, una página de Internet se abrió de forma predeterminada y rápidamente leyó los correos, luego dedicó unos minutos a redactar un correo muy especial y apagando la maquina regresó al dormitorio vistiéndose y saliendo de la casa después de un desayuno preparado por la servidumbre. La vivienda estaba situada en los bosques cercanos al Castillo de Bran, centro turístico donde había vivido Vlad Tepes, El Empalador quien según la leyenda luchó junto con 200 de sus hombres contra un ejército de 120 mil turcos muriendo en esa lucha, personaje que fue fuente de inspiración del famoso Conde Drácula pero la casa lejos de ser lúgubre era una mansión hermosa y muy moderna, rodeada de jardines y bellos rincones.

El Audi azul ministro rodaba suavemente por la estrecha carretera zigzagueante mientras que la reproductora dejaba escuchar un rock sinfónico de QUEEN uno de los grupos preferidos de quien conducía el moderno auto…Podría obviar todo eso y simplemente materializarse en el lugar de destino pero le gustaba manejar automóviles, disfrutaba de esta época en la que los hombres habían logrado multiplicar el confort y que la tecnología había creado maravillas poniendo todo el mundo al alcance de la mano. El camino salió a una gran carretera y pronto estaba entrando a la ciudad de Cluj-Napoca situada en una elevada meseta con sus bajas construcciones y la afilada torre de la Iglesia Calvaria en su centro. El auto rodó despaciosamente por las calles estrechas entre los hermosos palacios medievales hasta llegar a la Plaza Mihai Viteazul y luego se dirigió hacia el Aeropuerto Internacional Someseni situado a 6 kilómetros de la ciudad.

El hombre dejó el auto, se dirigió a las instalaciones del aeropuerto y media hora después ya estaba sentado en el compartimiento de primera del gran avión con una copa de Armañac, esa era su bebida preferida desde que la probó por vez primera…El avión levantó vuelo para atravesar toda Europa, hizo una escala en Escocia y otra en Canadá después de atravesar el océano Atlántico para aterrizar finalmente varias horas después en el aeropuerto de Nueva York. En esa ciudad haría una estancia de dos noches para disfrutar de su vida esplendorosa antes de continuar su viaje hacia Washington.

La reservación ya estaba hecha en el Hotel Waldfor Astoria a nombre del Sr. Mircea Ispirescu de nacionalidad rumana. Esa noche la dedicó a disfrutar de las maravillas de la madrugada newyorkina y al siguiente día igual. Al tercer día viajó a la ciudad de Washington… su destino final.

Los participantes en la importantísima reunión entraron a la oficina oval del Presidente de los Estados Unidos de América en la Casa Blanca formando un grupo, algunos vestían uniformes militares con grados de alto rango y todos los demás iban ricamente vestidos. Una figura se incorporó al grupo desde una pared de manera tan rápida y subrepticia que nadie se dio cuenta, solo los encargados del monitoreo y la grabación pudieron observarlo.

El Conde de Saint Germain medía cerca de 6' 2" de estatura y su piel era "amarillo pálido". Tenía el pelo oscuro y ligeramente ondulado, un bigote y una barba corta y una mirada especialmente brillante y profunda. Vestía un moderno y valioso traje violeta oscuro y en su cuello destacaba una gruesa cadena de oro con una cruz y una piedra preciosa, uno de los miembros de la guarnición reforzada le guió hasta la cómoda butaca reservada a él. Ya el Presidente sabía que ese era el personaje.

El moderador leyó la orden del día y los detalles de los participantes, allí se encontraban los principales cargos del país…este selecto grupo de hombres dirigían los destinos de la humanidad en el siglo XXI.

Los funcionarios leyeron diversos informes sobre distintos

tópicos relacionados con el tema. Finalmente el Sr. Jackes Ray, Jefe de la Comisión Especial sobre los asuntos relacionados con el Cambio climático leyó su informe…En este se explicaba como dos científicos norteamericanos, un hombre y una mujer astrónomos habían descubierto solo dos años antes la existencia de un superagujero negro generador de un campo magnético gigante, este monstruo sideral al parecer siempre había estado en ese lugar pero solo ahora había sido descubierto y su existencia había despertado una gran alarma en los sectores científicos. La explicación señalaba como el 21 de Diciembre del año 2012, día del solsticio de invierno de ese año se alinearían la tierra, la luna y el sol pero esta vez se incluiría en la alineación el superagujero negro quedando alineados los cuatro cuerpos celestes. Este evento, que ya se estaba acercando a pesar de los dos años que aún faltaban estaba generando los problemas del cambio climático que ya estaban afectando a la humanidad, básicamente el problema consistía en que la tierra, una esfera cubierta por una corteza dura, esta rellena en su interior de magma líquido y en su centro flota un núcleo metálico responsable de los polos magnéticos de la tierra. El enorme flujo magnético del superagujero negro estaba produciendo una desviación permanente de los polos magnéticos de la tierra y en el momento de la alineación total de los cuatro cuerpos siderales se invertiría bruscamente la polaridad terrestre produciendo en ambos casos efectos catastróficos e impredecibles en nuestro planeta…La pregunta clave era: ¿Que podremos hacer para contrarrestar esta formidable amenaza? Las palabras del funcionario quedaron en suspenso sobre los participantes a la reunión.

Los representantes de la Nasa y del Pentágono prometieron realizar estudios emergentes en torno al tema y presentar en el transcurso de dos semanas las conclusiones de los especialistas ante los participantes a esta reunión.

El Presidente escuchó a todos y con un gesto indicó que tomaría la palabra.

—Bien señores…creo que todos los aquí presentes están impuestos de la gravedad de los problemas que se avecinan en un futuro prácticamente inmediato y que según nos están alertando nuestros científicos puede hacer peligrar incluso a la integridad de la raza humana en su totalidad. Consideramos que este es realmente el reto más formidable al que se ha enfrentado nuestra civilización en todo el transcurso de la historia moderna y es responsabilidad de todos dedicar nuestra experiencia y sabiduría en función de salvar a nuestro planeta, así que estamos abiertos a todas las proposiciones y análisis.

Un pesado silencio se hizo en el aposento y ante la falta de intervenciones el extraño visitante levantó ligeramente su dedo índice para pedir la palabra. El Presidente Obuntu miró hacia los brillantes ojos del Conde de Saint Germain y con un gesto de su diestra y una sonrisa le invito a expresarse. Ninguno de los participantes en la reunión exceptuando al Presidente sabía quién era aquel hombre que acaparó la atención de todos.

—Distinguido Presidente y participantes en esta reunión.

En primer lugar quiero agradecer al Sr. Presidente por su amable invitación. Debo informarles que el objetivo de mi presencia aquí es precisamente el de aportar mis modestos conocimientos sobre el tema que se trata para lograr la solución más adecuada sobre todo teniendo en cuenta el poco tiempo de que se dispone para concretar la misma.

El evento que se avecina solo ocurre cada 5 mil 125 años y la última vez que ocurrió produjo resultados catastróficos en nuestro planeta. Solo fuerzas de igual magnitud podrían contrarrestar los efectos del mismo

En primer lugar debemos dejar sentado que las soluciones pasan por la unión de todas las fuerzas de la humanidad, este problema deberá ser enfrentado por la comunidad internacional en su conjunto independientemente de los intereses de cada cual porque estamos hablando de salvar a la raza humana. Por estas razones debemos divulgar el problema y organizarnos para enfrentarlo entre todos.

Como ya se ha explicado el peligro reside en la alineación del superagujero negro con el sol, la luna y la tierra que produciría la inversión del núcleo de muestro planeta. Estos influjos ya están produciendo los problemas actuales relacionados con el cambio climático, los efectos del Niño y de la Niña, la inusitada intensidad de los huracanes, tornados y tifones, la aparición de terremotos, tsunamis y otras afectaciones climáticas.

El representante de la NASA levantó su mano pidiendo la palabra.

—Adelante, por favor —dijo Saint Germain.

—Desearía preguntarle, ¿cómo es posible que se incremente el flujo magnético que incidirá sobre la tierra si los cuatro cuerpos celestes estarán alineados?

—Buena pregunta —respondió Saint Geermain—, la cuestión estriba en que el tamaño de los cuerpos celestes alineados estará en un orden de mayor a menor. Primero el agujero negro con la tremenda intensidad del campo magnético que genera. En segundo lugar nuestro sol que es mucho más pequeño y después nuestra luna que es más pequeña todavía. A medida que se va realizando la alineación se produce la curvatura del flujo magnético que se va incrementando a través de cada cuerpo celeste concentrándose sobre la superficie de la tierra con una potencia tal que podría producir la inversión total del núcleo terrestre.

Analicemos ahora las posibles soluciones.

En primer lugar tengamos en cuenta que se trata de un problema magnético, por consiguiente debemos comenzar por buscar una solución en el campo del magnetismo. Durante nuestras investigaciones hemos conocido que algunos centros científicos han estudiado profundamente el tema del magnetismo con fines industriales, médicos y de otro tipo incluso militares. Estos estudios en muchos casos se han divulgado, pero en otros como en el caso de los usos con fines militares se ha avanzado mucho pero se mantienen en secreto. Por nuestros medios hemos conocido que tanto Rusia como China han avanzado enormemente en la creación de poderosísimas armas magnéticas que han sido muy poco utilizadas a pesar de que algunas de ellas existen desde muchos años atrás, recordemos por solo poner un ejemplo como se pudieron bajar aviones norteamericanos modernísimos en pleno vuelo mientras sobrevolaban el espacio aéreo soviético en época tan lejana como los años 80 del pasado siglo.

Si analizamos ahora que por un simple principio físico un cuerpo que flota en un medio liquido es fácilmente manejable independiente de su volumen y peso podemos también concluir que si lográramos un anclaje magnético del núcleo terrestre de forma artificial que lograra contrarrestar los flujos externos podríamos mantener la polaridad de nuestro planeta dentro de los márgenes adecuados para evitar la indeseada inversión durante el tiempo necesario hasta que se restablezcan los flujos externos habituales.

En resumen, proponemos concretamente analizar correctamente el problema hasta en sus más mínimos detalles por parte de la comunidad científica y convocar a un encuentro al más alto nivel a fin de que todas las naciones aporten sus conocimientos y medios de todo tipo con el objetivo final de crear dos gigantescas y potentes estaciones magnéticas artificiales situadas cada una en el centro magnético de los polos norte y sur de la esfera terrestre con el objetivo de anclar el núcleo terrestre en su lugar adecuado hasta que pase el peligro.

El representante del Pentágono pidió la palabra y vertió sus opiniones.

—Queremos expresar que los científicos de nuestras Fuerzas Armadas han avanzado considerablemente en el teme de las armas y sistemas magnéticos y de rayos láser de alto poder y podremos contribuir ampliamente en este sentido y en la creación de estaciones de trabajo en zonas de difícil acceso.

Saint Germain retomó la palabra.

—Nuestro principal enemigo ahora es el tiempo. Muchas gracias por su atención.

Todos los presentes escucharon con suma atención las palabras de Saint Germain y muchos de ellos se preguntaban quién era ese hombre que nunca habían visto.

El Presidente asintió con la cabeza y se dirigió a todos…

—Bien señores, hemos escuchado la importante intervención del amigo Saint Germain que nos ha honrado hoy con su presencia en esta reunión. Comparto completamente sus opiniones y designo al Sr. Jackes Ray, Jefe de la Comisión Especial sobre los asuntos relacionados con el Cambio climático para que se ocupe en el tiempo más breve posible de convocar una reunión internacional donde se analicen las recomendaciones de todos nuestros expertos y sobre todo los valiosos aportes de nuestro distinguido visitante y colaborador.

La reunión terminó y Moel, El Enviado, ahora como el Conde de Saint Germain partió de regreso a Europa.

Capítulo 10

Año 570.

Moel, El Enviado, vivía en el camino entre La Meca y las tierras de Sham (Siria), allí era un monje cristiano. Un grupo de mercaderes se acercó y conversó con el monje y este se dirigió a ellos diciéndoles: Muy pronto Dios elegirá de entre vosotros un profeta, dirigíos hacia él y aprovechad de su sabiduría y orientación. Los mercaderes asombrados preguntaron cuál sería su nombre a lo que el monje respondió "Su nombre será Muhammad". Los mercaderes se marcharon contentos y se prometieron que si la vida les otorgaba un hijo varón le llamarían Muhammad.

Uno de los mercaderes se llamaba Abdul Muttalib, una noche soñó con un gran árbol luminoso al que todos adoraban, vio en su sueño como un grupo de la tribu quraishitas estaban colgados de las ramas intentando cortarlas hasta que apareció un bello joven e impidió que las ramas fueran cortadas. Al siguiente día fue a ver a un augur y le relató el sueño a lo que este respondió: Una persona de tu descendencia aparecerá, el este y el oeste apoyará su liderazgo y los humanos creerán en su religión. Poco después una mujer de su descendencia llamada Amina quedo embarazada y tuvo muchas visiones. Una noche, mientras dormitaba ella escuchó una voz que decía: Amina, llevas al mejor de la creación en tu vientre, cuando nazca llámalo Muhhammad. Y así fue, al nacer el niño fue llamado Muhammad.

En el mismo momento en que nació el profeta del Islam el balcón del palacio de Josrou se resquebrajó y catorce de sus columnas se derrumbaron, el fuego sagrado del templo en Persia se apagó, los trescientos sesenta ídolos del templo de la Kaaba se cayeron, el Rey de Persia y muchos de sus sabios consejeros tuvieron un sueño donde una luz subía a los cielos iluminando una extensa área. Muhammad nació con la circuncisión hecha y sin cordón umbilical y poco después de nacer dijo ¨Dios es el más grande, las alabanzas sean con él, glorificado sea, mañana y tarde. El nombre y sus características físicas ya habían sido anunciadas en los libros sagrados que precedieron al Corán.

Durante su infancia Muhammad viajó a la Meca con su nana de leche Halimah huyéndole a la peste. Durante su adolescencia fue reconocido por un monje como dueño de un futuro luminoso, después llegó a tener mujer y descendencia, su esposa se llamó Jadiya y tuvieron dos hembras y cuatro varones, más su hijo adoptivo Zaid.

Luego vinieron las revelaciones de la cueva de Hira. Esta cueva situada en un monte del mismo nombre al norte de La Meca era el sitio donde el joven profeta Muhammad se refugiaba periódicamente para adorar a su señor, sobre todo en el sagrado mes del Ramadán.

El Ángel Gabriel transfirió las enseñanzas al joven profeta Muhammad en las oscuridades de la cueva. Muchas de las revelaciones fueron entregadas por escrito a Muhammad que era iletrado, cuando él las tomó y le dijo: No puedo leer. Y el ángel Gabriel le respondió: Lee, en nombre de tu señor que todo lo creó. Entonces Muhammad se dio cuenta de que si podía leer.

De esta manera las leyes coránicas les fueron entregadas a Muhammad, físicamente, en sueños y por inspiración. El inicio de la revelación del Corán fue iniciado en el mes del Ramadán, en la cueva y continuó hasta el fallecimiento del profeta.

Tres años después del inicio de la revelación se realizó la proclamación general del Islam, el profeta tuvo que resistir burlas y mofas por parte de sus opositores pero siguió luchando. Abu Talib siempre lo protegió y luchó junto al profeta Muhammad y predicó las enseñanzas del Corán para lograr que gran parte de la humanidad llegara a abrazar la doctrina islámica. Antes de morir Abu Talib dijo a sus hijos: "Les confío a Muhammad que es el fiel de Quarish y el veraz de los árabes. Posee todas las virtudes y trajo una religión que aceptan los corazones. Parientes!, sean de los amigos y partidarios del Islam, pues quien lo haga obtendrá la felicidad".

Una noche, cuando el profeta se retiraba a dormir llegó a sus oídos la voz del ángel Gabriel que le decía: Esta noche realizaras un viaje extraordinario y soy el encargado de acompañarte. En este viaje visitó muchos lugares interesantes y sagrados.

La vida del profeta fue dura y llena de luchas pero supo llevar el Islam hasta los corazones de millones de hombres y mujeres que luego se multiplicaron durante toda la historia.

El alma del mensajero de Dios ascendió un mediodía del día 28 del mes de Safar del XI año de la Hégira. Sobre su cuerpo se colocó una tela yemenita. Uno de los discípulos de Muhammad, Ali, el príncipe de los creyentes, que luego sería el segundo Califa, purificó el inmaculado cuerpo del profeta con los baños mortuorios rituales y lo amortajó. De él diría Mohammad "El más cercano a mi será el que me purifique". Y luego Ali exclamaría una expresión árabe de amor y cariño "Be Abi anta ua Ummi!". Con tu deceso la cadena de la profecía, el mensaje divino y las noticias de los cielos se han acabado.

Capítulo 11

Cuba, Oriente, 1937.

El barco Sirene II atracó en la Bahía de la Habana. Corría el año 1937, la Ciudad de La Habana era una de las más visitadas por el turismo Norteamericano y en las noches pululaban las putas, los chulos, estafadores y bandoleros de todo tipo, pero también era una bella ciudad donde se construían modernas mansiones y se vivía una animada vida nocturna.

Los viajeros se hospedaron en un pequeño hotel cerca del paseo del Prado, céntrica avenida del corazón de La Habana.

Lovecraft no quería permanecer mucho tiempo en la capital del país, era un hombre público y no quería que la casualidad le hiciera tropezar con alguna persona que le reconociera y destruyera sus planes, por ello al siguiente día viajaron hacia la Ciudad de Santiago de Cuba, allí era más difícil ser reconocido.

Howard y Lázaro viajaron a la región de Moa, cerca de las instalaciones de la Nicaro Company, empresa que explotaba varias minas de Níquel. Durante casi un mes Howard realizó sus investigaciones hasta encontrar el sitio deseado. Muy cercano a la falda de una de las minas, hacia el mar encontró una gran pared de rocas calizas blancas que habían quedado expuestas por la erosión. Busco durante muchos días alguna cueva pero no encontró ninguna, de todas maneras consideró que ya había encontrado el lugar indicado, este lugar formaba parte de una plantación de cacao y Howard contacto a su dueño, un mulato viejo y calvo con un amplio bigote y una sonrisa franca que vivía en una casa pequeña solo con su hija de 15 años. El norteamericano se presentó y le ofreció una amplia suma de dinero por su propiedad. El hombre, asombrado de su buena suerte lo pensó durante una hora mientras conversaban y se lo vendió todo.

Durante un par de años Howard mandó a construir una bella casona estilo bungalow norteamericano con todas las comodidades necesarias.

La construcción y todos los detalles administrativos estaban en manos de Lázaro. La propiedad había sido adquirida a nombre de Lázaro Rodríguez que tenía la potestad de decidir, contratar y determinar todos los detalles. Lovecraft por su parte había situado su biblioteca y oficina en la pequeña casa original y vivía inmerso en la lectura e investigación. Desde los primeros meses comenzó a explorar toda la zona y los bosques aledaños a su propiedad. Finalmente se terminó la construcción y los dos hombres pasaron a vivir en la nueva casona. Una señora se ocupaba de la limpieza y la cocina y se marchaba después de terminar sus ocupaciones, allí solo vivían Lovecraft y Lázaro.

Cierta tarde el norteamericano regresó eufórico y esa noche abrió una de sus carísimas botellas de vino para celebrar con Lázaro, pero no dijo que celebraba.

A partir de ese día Lovecraft se perdía en sus salidas diarias, primero unas horas, después casi todo el día, el resto del tiempo lo pasaba escribiendo e investigando en su oficina.

Una mañana Lovecraft llamó a Lázaro a su oficina.

—Lázaro —dijo.

—Debo informarle que he avanzado mucho en mis investigaciones y ahora comenzaré una nueva etapa. Estoy buscando un objetivo dentro de un laberinto soterrado y pronto recibiré todo el equipamiento especial que necesito. Las búsquedas se convertirán en periodos más largos pero usted no debe preocuparse porque dispondré de amplias reservas de agua, comida, iluminación y otros recursos. Aun suponiendo que yo me demore mucho tiempo usted no deberá buscarme y mucho menos pedir auxilio ni comentar nada a terceras personas porque ese lugar nadie más que yo debo conocerlo. Usted solo debe ocuparse de la atención a la finca, a nuestra vida diaria y a evitar que se me moleste. No llame a nadie ni aunque me demore demasiado tiempo. Siempre encontrare la manera de regresar.

Dos días después llegó un camión cargado de cajas procedentes de los Estados Unidos. A partir de ese día las ausencias fueron cada vez más largas. Llegó el momento en que se demoraba días. Lovecraft se veía obsesionado, estaba cada vez más delgado y lucía un color cenizo y amplias ojeras. Lázaro le recomendó que descansara unos días y se tratara con un médico, pero la respuesta era siempre la misma: No puedo distraerme, ya estoy cerca de mi objetivo.

El famoso escritor Lovecraft había avanzado enormemente en el desarrollo de sus objetivos. Sus estudios de muchísimos años del libro "El Necronomicom" le habían hecho llegar a la conclusión de que existía algo de un valor incalculable escondido debajo de una mina de níquel en el oriente de la Isla de Cuba. Según sus cálculos una de las tres minas de La Nicaro, la numero 1, quedaría descartada por estar muy alejada del mar, de las otras dos restantes la 3 también seria desechada por estar muy cercana al mar, y la escogida seria la 2 que estaba a unos 8 kilómetros de la costa. El escritor convertido en explorador revisó toda la zona durante bastante tiempo hasta que logró encontrar una caverna. Esta estaba en una zona muy intrincada de la ladera y a unos 15 metros había una gran piedra puntiaguda ese era su objetivo. Al intentar explorarla comprendió que necesitaba equipamiento especial y lo encargó. Una vez recibido el equipamiento inició su ardua tarea, quería realizarla solo, pero era una tarea difícil. Inició la exploración y cada vez se iba adentrando más. Era todo un laberinto, Lovecraft se aventuraba cada vez más y a su paso dejaba cuerdas para marcar el camino de regreso, a veces llegaba a una zona truncada y regresaba atrás.

La exploración era muy difícil y Howard tenía que permanecer vestido con guantes camisas de mangas largas y pantalones con ligas en los bajos en medio de aquel calor sofocante porque estaba rodeado de grandes alimañas, ciempiés enormes, arañas de varios tipos, murciélagos, ratas, enjambres de cucarachas de varios colores y otros seres repulsivos que en algunas ocasiones le producían pavor pero su obsesión era más fuerte que los temores y por eso continuaba en su búsqueda incesante.

Al principio regresaba a su casa a dormir pero le era cada vez más difícil, de todas formas en el interior de la cueva siempre era de noche para él y allí disponía de todo, agua, comida, oxigeno, mascaras, luces. Un día decidió no regresar hasta no encontrar su objetivo y continuó avanzando cada vez más hacia lo profundo de la cueva.

La pendiente se iba agudizando, y tuvo que caminar más de un kilómetro por el corredor, se le acabó la soga que llevaba de guía pero era un corredor recto sin bifurcaciones y continuó hacia adelante, así avanzó y logró llegar al final. Era una amplia cavidad de varios metros de largo y ancho y para su sorpresa las paredes eran como de un liso granito aparentemente elaborado por seres inteligentes y con una marcada inclinación, en el suelo, también de granito encontró un viejo arcabuz ya podrido por el tiempo, una pequeña vasija de barro, y por otra parte también encontró otros vestigios de vida humana, pero no había huesos ni esqueletos. Otros hombres habían logrado llegar hasta allí mucho antes que él pero no encontró ninguna salida ni la reliquia que buscaba. El explorador no podía saber que se encontraba en el interior de una pirámide sumergida en el fondo del mar ¡Pronto las poderosas energías de la pirámide se concentraron sobre él y el famoso escritor Lovecraft pasaría a otra dimensión en un mundo paralelo del cual nunca regresaría! Se había equivocado de lugar al buscar la cueva por un error en la conversión de la medida de un estadio y esto le había costado su desaparición tal como les había sucedido a muchas personas en todas las épocas sobre la superficie del océano en toda el área cercana al famoso triángulo de las Bermudas y a los pocos que habían llegado antes que el a ese lugar en el fondo del mar

Lázaro estaba muy preocupado pero no quería traicionar la confianza de su jefe y nunca le siguió para encontrar el sitio que el investigaba. Una noche no regresó pasaron días y semanas. Lázaro realizó una exploración minuciosa de los alrededores pero no logró encontró el lugar de la excavación, de las ruinas o lo que fuera el objeto de su investigación, era una zona muy extensa de bosques y montañas, revisó en su oficina en busca de un esquema o algo que le indicara, pero no pudo encontrar nada que le orientara.

En los últimos años Lázaro había hecho una buena amistad con el dueño de una finca cercana que le había ayudado mucho durante la construcción de la casa y en muchas otras cosas. El vecino, llamado Pedro era un hombre muy joven negro y alto de barba tupida y de una cultura amplia, que había nacido en la finca familiar y había sido enviado a estudiar técnico en contabilidad en la capital, al terminar sus estudios regresó y ahora administraba la finca de sus padres.

Lázaro le pidió a Pedro Izquierdo que le ayudara en su búsqueda ya que conocía la zona desde pequeño pero todas las búsquedas fueron infructuosas.

Lovecraft no regresó nunca más y Lázaro no podía hacer nada. Finalmente se suspendieron las búsquedas, era inútil, habían pasado ya meses y no podría haber sobrevivido tanto tiempo. La propiedad y la cuenta bancaria estaban a nombre de Lázaro Rodríguez, Lovecraft había entrado a Cuba con un nombre supuesto y estaba oficialmente muerto en los Estados Unidos. No había más nada que hacer. Habían pasado ya 6 años desde que llegaran de los Estados Unido era el año 1943.

Capítulo 12

Qumran, Mar Muerto, Año 30 a.c.

En la ciudad de Qumran radicaba la secta integrada por la tribu de los Escenios que había iniciado su existencia en el año 150 a.c. Esta agrupación basaba sus prácticas en una serie de preceptos establecidos en el transcurso de todas sus décadas de existencia y la personalidad de más autoridad en la misma era el Maestro de Justicia. Estos eran miembros de un grupo religioso judío, organizado en torno a bases comunitarias profundas y a prácticas de un estricto ascetismo. La hermandad, que llegó a contar con aproximadamente 4.000 miembros, vivió en Siria y en Palestina desde el siglo II a.c. hasta el siglo II d.c. Sus principales asentamientos se encontraban a orillas del mar Muerto.

Los esenios no son mencionados ni en la Biblia ni en la literatura rabínica. Toda la información que se tiene de ellos proviene de los escritos y obras de Filón de Alejandría, Plinio el Viejo y Flavio Josefo. Se han identificado distintos grupos como posibles prototipos de lo que era la comunidad de los esenios.

Dentro de estos grupos, los principales fueron los tsenuim (los modestos o castos), los jashaim (los callados), los jasidim harishonim (los santos ancianos o mayores), los nigiyye, los jad da at (los puros de pensamiento) y los vatikim (los hombres rigurosos).

Estos términos informan acerca de las características de

esta comunidad, cuyas enseñanzas fundamentales eran el amor a Dios, el amor a la virtud y el amor al prójimo. Sus rasgos distintivos más importantes eran: la comunidad de bienes y propiedades (distribuidas de acuerdo con las necesidades de cada uno), la estricta observancia del shabat y un aseo escrupuloso (dentro del que se incluía el lavarse con agua fría y usar prendas de vestir blancas). Tenían prohibido jurar, emitir votos (salvo los exigidos para ser miembros de la orden), sacrificar animales, fabricar armas y participar en el comercio o hacer negocios.

Sus miembros eran reclutados a través de la adopción de niños o bien entre aquellos que habían renunciado a todos sus bienes materiales. Se exigía una prueba temporal de tres años antes de que el novicio pudiera emitir sus votos definitivos, que exigían una total obediencia y discreción. La prohibición de ingerir alimentos impuros constituía una ley que podía llegar a significar la muerte por inanición. Los esenios fueron los primeros en condenar la esclavitud, considerándola una violación de los derechos consustanciales a los hombres; se sabe que, incluso, compraban y luego liberaban a personas que habían sido hechas esclavas.

Los esenios vivían en pequeñas comunidades. Su trabajo fundamental se centraba en la agricultura y en la artesanía.

En esta época y en esta región se utilizaba la piel y la tela para conservar los documentos y como muchos miembros de esta comunidad vivían en cuevas allí se guardaban grandes rollos de estos importantes documentos que incluían el Antiguo Testamento.

Alrededor del año 30 a.c. Moel, el Enviado encarnó como el Maestro de Justicia de Qumran con otro nombre y allí comenzó a preparar, bajo los designios divinos uno de los procesos más importantes de la historia del hombre.

Durante muchos años fueron analizados todos los preceptos de la comunidad escenia y escogidos aquellos que luego conformarían las nuevas ideas y leyes de la vida y la fe.

Cerca de los años 20 San Juan Bautista se incorpora a la comunidad escenia del Mar Muerto en Qumran y participa junto al Maestro de Justicia, Moel, El Enviado en la preparación de los nuevos preceptos, trabajando juntos durante muchos años

Capítulo 13

Israel, Nazaret, año 2.

Moel, el enviado, encarnó en la figura de un simple carpintero llamado José casándose con una mujer llamada María a la que dejo virgen por designio divino y de ese matrimonio nació un niño que conmovería al mundo durante siglos, el niño Jesús. Esta es la historia.

El nacimiento:

Jesús de Nazaret nació en el año 41 del reinado de Augusto que se inició en el año 43 de esa era y también 28 años después de la muerte de Cleopatra, es decir en el año 2. Nació en el seno de una familia pobre, de una mujer virgen y sin participación sexual de varón en un establo rodeado de humildes pastores. Al octavo día de su nacimiento fue circuncidado lo cual daba fe de su descendencia de Abraham y de su consagración al culto de Israel. Por su parte San Juan Bautista había sido el precursor inmediato del Señor, enviado para prepararle el camino, para saludar su venida.

Con el bautismo de Jesús en el Jordán se celebra la adoración de Jesús por unos "magos" venidos de Oriente, en estos "magos", representantes de religiones paganas de pueblos vecinos, el Evangelio ve las primicias de las naciones que acogen, por la Encarnación, la Buena Nueva de la salvación. La llegada de los magos a Jerusalén para "rendir homenaje al rey de los Judíos" muestra que buscan en Israel, a la luz mesiánica de la estrella de David al que será el rey de las naciones Su venida significa que los gentiles no pueden descubrir a Jesús y adorarle como Hijo de Dios y Salvador del mundo sino volviéndose hacia los judíos y recibiendo de ellos su promesa mesiánica tal como está contenida en el Antiguo Testamento. La Presentación de Jesús en el templo lo muestra como el Primogénito que pertenece al Señor.

La huida a Egipto y la matanza de los inocentes manifiestan la oposición de las tinieblas a la luz: "Vino a su Casa, y los suyos no lo recibieron". Toda la vida de Cristo estará bajo el signo de la persecución. Los suyos la comparten con él. Su vuelta de Egipto recuerda el Éxodo y presenta a Jesús como el liberador definitivo.

Muchas referencias señalan que Jesús compartió, durante la mayor parte de su vida, la condición de la inmensa mayoría de los hombres: una vida cotidiana sin aparente importancia, vida de trabajo manual, vida religiosa judía sometida a la ley de Dios, vida en la comunidad. De todo este período se nos dice que Jesús estaba "sometido" a sus padres y que "progresaba en sabiduría, en estatura y en gracia ante Dios y los hombres".

La sumisión a su madre, y a su padre legal, José que tuvo un papel crucial en su infancia junto con San Juan Bautista que prepararon en conjunto las bases filosóficas y prácticas que predicaría, es la imagen temporal de su obediencia filial a su Padre celestial.

Jesús. La Adultez:

Como habremos podido observar Jesús de Nazaret recibió una esmerada educación y preparación para ejercer su magisterio, todo ellos unido a lo divino de su origen y muchos otros aspectos desconocidos de sus primeros 30 años de vida. De esta manera cuando comienza a conocerse como el hijo de Dios en la tierra, como el Mesías ya dispone de una imagen imponente física y sicológicamente, sus milagros le preceden, predica una filosofía de paz y de amor para todos, en defensa de los más desvalidos y empobrecidos y promete una vida eterna de dicha y felicidad para todos los que crean en él y su padre, el mismo Dios que lo ha enviado a la tierra libre de pecado para llevar la fe a todos sus seguidores sin diferencias de ningún tipo.

Estos hechos se desarrollan en un país subyugado por el poder del Imperio Romano representado en la persona de Poncio Pilatos, país que ya había pasado por grandes revueltas algunos decenios antes, y él no permitiría que se le discutiera su poderío en Israel, sobre todo por el temor a las reacciones de los cesares Romanos que podían ordenar la invasión del país para gobernarlo directamente desde la metrópoli. Por otra parte estaba la oposición interna formando parte del escenario político ya que siempre estaba latente la posibilidad de un levantamiento judío. Finalmente había que tener en cuenta a la cúpula religiosa judía que estaba siendo amenazada por las enseñanzas de Jesús. No vamos a repetir la conocida historia de Jesús de Nazaret. Solo queremos señalar que la epopeya de Jesucristo difiere del resto de las religiones en el hecho de que demuestra con hechos de carácter público ampliamente divulgados el resultado de las profecías previamente publicadas y esto ha hecho que millones y millones de personas hayan aceptado los evangelios referidos a Jesús de Nazaret y abrazado el cristianismo en todas sus formas.

La clave es La Resurrección:

Para sintetizar esta parte de la historia vamos a comentar un documento. Este documento es el resumen de una carta oficial enviada por el Emperador Poncio Pilatos al Cesar Tiberio donde le explica su versión de los hechos ocurridos en relación con la muerte de Jesús de Nazaret.

En este informe Pilatos se queja de la poca seguridad de su gobierno que solo contaba con una guardia pretoriana de 100 centuriones romanos. Asimismo se refiere a los problemas políticos, el país estaba dividido en tres facciones judías contrarias al poder romano, siendo los más fuertes los fariseos. Explica que había llegado a sus oídos la existencia de un joven filósofo proveniente de Galilea, territorio vecino del Emperador romano Herodes, a quien llamaban Jesús de Nazaret y que estaba siendo seguido por una multitud de judíos. Relata que en un recorrido se encuentra a lo lejos con una gran cantidad de personas que le escuchan pero él no se acerca, envía a uno de sus ministros a escuchar a Jesús y más tarde ese ministro le explica que se trata de un joven filósofo que se proclama Rey de los Judíos enviado por Dios y que fustiga a los Fariseos y a los ricos, señala que interrogado sobre su opinión en relación con el gobierno romano respondió: "Dad al Cesar lo que es del Cesar y a Dios lo que es de Dios". De esta manera en su informe concluye que Jesús se opone a los enemigos de Roma y lejos de ser un enemigo está en función de ayudar a su gobierno. Por estas razones los fariseos comienzan a oponerse fuertemente a Jesús amenazándole de muerte y Pilatos le llama a su palacio.

Relata el emperador que su presencia le impresionó vivamente, era un hombre de cabellos y barbas doradas que contrastaba con el biotipo de los habitantes de aquellas regiones, más bien morenos, también presentaba un rostro profundamente bondadoso.

Pilatos le pidió a Jesús que moderara el carácter de sus discípulos en el enfrentamiento con los fariseos ya que tenían malas intenciones y podrían generar una revuelta que él no podría controlar por lo exiguo de sus fuerzas. El emperador le explicó también que le protegería en la medida de sus posibilidades pero debía ser prudente. Señala que el joven le respondió que ni aun teniendo grandes fuerzas podría evitar lo que sucedería porque había sido enviado por su padre, Dios todopoderoso con un destino escrito, el de sufrir por todos los hombres y señalarles el camino de Dios, que el moriría de todas maneras y resucitaría después.

Pocos días después (añade el emperador) se desencadenarían los acontecimientos. Una de las esposas de Tiberio poseedora de dotes de adivinación fue a verlo y llorando de rodillas le pidió no hacerle daño a Jesús que era un ser sagrado, ella misma le había visto caminar sobre las aguas.

Continúa relatando que los enemigos de Jesús se apoderaron de él y lo llevaron a su presencia pidiendo que aprobara su crucifixión, a lo que él respondió que el joven no era un criminal y que para crucificarlo había que cumplir con todo el procedimiento exigido por la ley romana, incluido un juicio con testigos, un fallo y la promulgación publica de los delitos probados. Pero aun a pesar de todos estos argumentos los poderosos sacerdotes judíos amenazaron con organizar una gran revuelta que podía ser incontrolable. Entonces (señala Pilatos), para demostrar su impotencia ante los hechos y su inconformidad con la posibilidad de asesinar a Jesús tomo una jarra de agua y se lavó las manos.

Poco después Jesús fue sometido a crueles suplicios y crucificado públicamente.

Al siguiente día uno de los seguidores de Cristo pidió licencia al emperador para enterrar a Jesús en el sepulcro que había construido para él mismo lo cual fue autorizado, pero cuenta que al día siguiente se registraron extraños fenómenos meteorológicos, incluido un terremoto en Egipto. Por su parte Pilatos tratando de evitar grandes disturbios entre los discípulos de Jesús y los fariseos envió a sus 100 centuriones a cuidar la tumba, ya que se había anunciado por Jesús públicamente y en varias ocasiones que resucitaría, de esta manera los fariseos no podrían acusar a los discípulos de Jesús de haberse robado el cadáver para fingir una resurrección.

Al tercer día en la mañana la tumba amaneció abierta y el cadáver desapareció sin explicación. El emperador cuenta que llamo a Marcus, Jefe de la guarnición y este explicó que los fariseos trataron inútilmente de sobornarlos, pero en la madrugada la tierra tembló, todos perdieron el conocimiento y cuando despertaron la tumba estaba abierta y vacía.

El informe finaliza señalando que Jesús fue un hombre que realizó grandes milagros públicamente, caminó sobre las aguas, hizo salir a los peces con monedas en la boca, curó muchos enfermos y realizó muchas otras acciones que no podría hacer una persona normal y que en su opinión después de su muerte y resurrección la historia de los hombres cambiaria para siempre

La Crucifixión:

La crucifixión se practicaba desde muchos decenios antes por los Persas y su práctica se fue extendiendo pero siempre fue considerada un castigo especialmente cruel, Cicerón la calificó como la más cruel y odiosa de las torturas y el historiador judío Flavio Josefo la consideraba la más desgraciada de las muertes, era tan horrible y degradante que los romanos la habían excluido para los ciudadanos romanos y solo la aplicaban a los esclavos.

El procedimiento era el siguiente: Una vez realizado el veredicto se desnudaba al reo, se ataba a un poste del tribunal y se le azotaba severamente con un látigo llamado flagrum de recio mango con tiras de cuero de varias longitudes, entretejidos con pedacitos de hueso y de plomo puntiagudo, la ley judía se limitaba a 40 azotes pero los romanos aplicaban muchos más. Los primeros golpes aplicados en las espaldas, los brazos y las piernas cortaban la piel, los siguientes golpes entraban a la región subcutánea cortando las carnes y las venas cercanas a la piel llegando después a cortar las arterias de los músculos de las cuales brotaban chorros de sangre. Las bolitas de plomo iban desgarrando la piel y las carnes magullándolas produciendo una masa sanguinolenta de ambas. En ocasiones quedaban expuestos los tendones e intestinos de la víctima. La tortura podía continuar hasta que la muerte estuviera cercana. Posteriormente los torturadores se burlaban le escupían y golpeaban con varas y en el caso de Jesús le pusieron una capa purpura y una corona de espinas. Luego el reo debía llevar su propia cruz, de pesada madera. Al llegar al sitio se amarraban las manos y los pies a la cruz y se quebraban a golpes las rodillas y los pies a fin de poderlos atravesar con clavos de unas 7 pulgadas. Las manos se atravesaban en la depresión de las muñecas, en algunas ocasiones se doblaban las piernas poniendo un clavo en las dos rodillas juntas y un pedazo de madera para que la persona quedara en posición de sentado. La fractura de las piernas evitaba que la víctima pudiera empujar hacia arriba para evitar la asfixia. Al cabo de un tiempo se producían calambres en todos los músculos con un dolor intensísimo, al colgar de los brazos los músculos del pecho y de las costillas no podían accionar, el aire podía entrar en los pulmones pero no podía ser exhalado. Un tiempo después se producía un colapso ortostatico a causa de la poca circulación de la sangre en el cerebro y el corazón. En el caso de Jesús sus piernas no fueron fracturadas porque los verdugos observaron que ya se encontraba muerto, uno de ellos perforó a Jesús en un costado y de allí salió sangre y agua, esta agua debió ser el fluido acuoso del saco que rodea al corazón. Jesucristo debió fallecer a causa de un shock producido por un fallo del corazón. La muerte del Mesías fue particularmente dolorosa y cruel.

La Tumba:

Después de la crucifixión y muerte de Jesús su cuerpo fue entregado a José de Arimatea y este fue enterrado en su tumba particular. La entrada era de unos 5 pies de altura y en la cámara sepulcral interior se depositó su cuerpo sin vida sobre una mesa de piedra y fue lavado con agua caliente de acuerdo con las costumbres judías. Luego de limpiada el agua se pasó a preparar el cuerpo con polvo de maderas fragantes conocidas como Aloes y una sustancia espesa llamada Mirra y aproximadamente 100 libras de especias. Después el cuerpo se envolvía en tres capas de lino cosido por las mujeres.

Una vez terminada la preparación José dejó deslizarse desde una elevación una piedra de dos toneladas que 20 hombres no podían mover para tapar la entrada. La piedra fue sellada con el símbolo del Imperio Romano y delante de la tumba fue organizada una guardia romana enviada por Pilatos para asegurar que la tumba no sería violada en las siguientes 72 horas cuando Jesucristo había anunciado su resurrección y evitar de esta manera una revuelta indeseada por los gobernantes.

Una guardia romana era una de las máquinas de guerra más eficientes de las que se han concebido se realizaban en grupos de 4 a 16 hombres, cada hombre, cubierto por una armadura de escamas de hierro y un casco disponía de una pica romana, una espada, una daga y un escudo estaba entrenado para proteger seis pies de terreno, los 16 hombres situados en cuadro con 4 en cada esquina eran capaces de proteger 36 yardas contra todo un batallón y detenerlo. Para proteger un acceso cuatro montaban guardia y el resto dormía frente a ellos turnándose todo el tiempo, el guardia no podía sentarse ni recostarse y el castigo por faltar a sus deberes era el fuego. Así se protegió la tumba de Jesús durante los primeros 3 días.

Al tercer día de la muerte y entierro de Jesucristo aun la guardia romana cuidaba de la tumba. La madrugada había avanzado y la luna iluminaba tenuemente los alrededores. Un grito de terror sacudió el silencio del lugar, uno de los guardias acostados en la tierra se incorporó y señalaba hacia lo alto despavorido, todos miraron hacia ese lugar. Sobre la piedra se encontraba la figura enorme de más de 10 pies del ángel Gabriel, el blanco brillante de sus grandes alas y el filo de su espada le inferían una imagen aterradora. Al principio todos quedaron estupefactos y luego comenzaron a correr en desbandada gritando horrorizados. El Ángel corrió la piedra de la entrada a un lado y entró a la tumba, luego salió llevando con él a Jesús de Nazaret resucitado y desaparecieron.

El hecho de haberse cumplido la profecía de la resurrección de Jesús a los tres días de su muerte tuvo una repercusión tan grande para el convencimiento de los fieles que permanece intacta a través de los siglos.

En Jesucristo se resumen todas las creencias anteriores del hombre y de sus enseñanzas y ejemplo nacieron múltiples variantes religiosas y de fe que tienen un mismo origen. Su misión también sirvió para fortalecer otras creencias paralelas demostrando de esta manera que existe un tronco común a todas las creencias, siendo muchas y variadas las formas de la fe. Los discípulos de Cristo fundaron después de su muerte numerosas órdenes, misiones y grupos de todo tipo que luego se ramificaron pero todas aceptando un solo poder divino.

Capítulo 14

Cuba, Septiembre del 2010.

La antiquísima ermita se encontraba enclavada en un punto del norte de la isla de Cuba situado entre Caibarién y el Sanatorio de Topes de Collantes.

La ermita era una edificación de piedra de medianas proporciones construida en una gran elevación entre los bosques y bastante cercana al mar, apartada de las poblaciones. La zona poblada más cercana se encontraba a 30 kilómetros y solo se podía llegar por un estrecho camino.

Oficialmente pertenecía a la Iglesia Católica y se denominaba Ermita de san Gabriel, donde se preparaban monjes y misioneros.

Moel, el Enviado que mucho tiempo antes había adoptado el nombre de Conde de Saint Germain se materializó en ese lugar después de su reunión en la Casa Blanca. Se detuvo a mirar a su alrededor. Hacia muchísimos años que no visitaba ese lugar y subió por una escalera hacia la parte más alta del lugar. Allí encontró, custodiado por dos monjes el pedestal que había sido la base del triángulo verde transparente escondido en el Tibet por él mismo, el asiento de la esfera dorada desaparecida desde tiempos inmemoriales. Nadie podría imaginar que aquel era el Templo de la Purificación, creado en la Atlántida 12 mil años antes de Cristo.

Los monjes quedaron en un estado de estupor. Junto al Conde de Sant Germain apareció la figura imponente del arcángel Zadkiel que con un gesto de su brazo tranquilizó a los monjes los cuales cayeron de rodillas a sus pies. Luego de permanecer unos instantes junto al Conde partió. Por la mente de Saint Germain pasó un pensamiento, "Si tuviéramos aún la Esfera Dorada resolveríamos a través de ella los problemas que se avecinan".

Por la amplia puerta del lugar apareció la figura de un monje de edad avanzada con vestiduras de lino y cabeza rapada, era el hermano Malaquías, el misionero de mayor antigüedad del monasterio. El sacerdote se arrodilló humildemente haciendo el signo de la cruz. Sant Germain le habló.

—Levántese, hermano recuerde que todos somos iguales, nadie es mejor que nadie —el misionero se incorporó lentamente.

—Sé muy bien quién es usted, hermano, es un Maestro Ascendido, el Conde de Saint Germain—. Yo soy el misionero Malaquías y quisiera poder contar con su ayuda. Tengo muchas dudas que quizás usted pueda ayudarme a aclarar.

—Usted dirá, hermano —el sacerdote le miró directamente al rostro.

—Llevo toda mi vida estudiando los misterios de la vida y la muerte y he logrado reunir muchos vestigios y partes, pero no logro armar el rompecabezas, faltan muchos elementos importantes que quizás usted pueda aportarme —Saint Germain respondió rápidamente.

—Los misterios de la vida y la muerte son muy complejos

y solo nosotros los maestros ascendidos podemos conocer las historias completas. Comencemos por los misterios de la muerte.

En el momento de la muerte el espíritu del fallecido flota abandonando el cuerpo quedando desorientado, pero ya no hay dolor ni sensaciones corporales, luego se tiene conciencia de una luz maravillosa de la cual se obtiene energía. La vida existe principalmente en el plano espiritual. En este plano existimos también los Maestros, almas altamente evolucionadas que habitualmente permanecen en el plano espiritual guiando al resto de las almas salvo que determinados objetivos nos obliguen a materializarnos en un plano físico. La función principal de todas las almas es aprender y perfeccionarse para poder pasar a planos superiores —el hermano Malaquías miraba a Saint Germain con ojos brillantes ante esas revelaciones.

—¿Y la reencarnación?

—Las almas permanecen en el plano espiritual hasta que los maestros decidan cuándo y cómo van a reencarnar. Es un proceso continuo, nacemos y cambiamos nuestro cuerpo físico infantil por un cuerpo físico juvenil, desechamos el cuerpo juvenil por el de una persona madura y a su vez lo cambiamos más adelante por el de una persona anciana, este último lo desechamos en el momento de la muerte quedando en estado espiritual hasta que se repita el proceso.

—¿Y cuál es el objetivo? —pregunto insaciable el monje.

—El objetivo es perfeccionar nuestra forma espiritual. Al regresar a un estado físico llevamos con nosotros nuestros poderes y virtudes y nuestras deudas karmikas. Todo el daño que hayamos hecho en nuestras vidas actuales y anteriores se incorpora a la deuda karmika que nos acompaña y tendremos que pagarlo, por otra parte todo el bien que hayamos hecho a nuestros semejantes y los vicios y lastres que hayamos sido capaces de eliminar de nuestras vidas nos elevaran en el plano espiritual al regresar a él. Pero las personas solo recordaran su vida actual. Las vidas anteriores solo podrán ser recordadas por los maestros.

—¿Y el ciclo? ¿El ciclo total de la vida? —Malaquías estaba ansioso, temía que el Conde desapareciera dejando a medias sus impresionantes enseñanzas.

—¿El ciclo? El ciclo es infinito, no nacemos, no morimos, solo cambiamos de estado, en realidad todos somos inmortales, todos somos dioses buscando la perfección.

—Y el karma ¿cómo funcionan sus leyes?

—Como señalé cargamos con nuestras deudas karmikas, pero estas se pagarán realizando un acuerdo con nuestros deudores. De esta manera las reencarnaciones se ejecutan en grupos a fin de facilitar el pago de las deudas karmikas. Así el inconsciente de una persona puede generar un sueño que se desarrolla en una vida anterior y allí, a pesar de encontrarse en una época muy lejana y en otro lugar del mundo podrá encontrar una persona conocida que es actualmente un amigo y en esa otra reencarnación fue su primo. Las almas que son capaces de pagar todas sus deudas karmikas son en el plano material seres bondadosos poseedores de maravillosos dones. Es necesario perdonar, es muy importante perdonar para nuestro desarrollo espiritual. También es necesario compartir nuestros conocimientos con otros, incluso con aquellos cuyas vibraciones no armonizan con las nuestras. Algunos venimos con poderes diferentes a otros adquiridos en otras épocas, pero con el paso del tiempo todos seremos iguales.

—¿Y los momentos anteriores a la muerte?

—La muerte llegará cuando nuestro cuerpo físico deje de cumplir con sus funciones básicas, pero en el caso de aquellos que están en coma, permanecen en un estado de suspensión ya que no están aún preparados para pasar a otro plano y ellos mismos decidirán si quieren pasar a otro plano o no, si consideran que no tienen nada más que aprender en el plano físico entonces se les permite cruzar al plano espiritual, pero si tienen aún cosas por aprender regresaran incluso aunque no quieran —el hermano Malaquías estaba rebasado por los conocimientos que le estaban siendo transferidos.

—Hermano Malaquías, aun debo explicarle que todos debemos alimentarnos de fe, esperanza, caridad y amor. Las personas deben conocer que los castigos y actos de violencia y de injusticia que sufran no pasarán desapercibidos, los que los ejecuten tendrán que pagarlos con la misma moneda en otras vidas y es por eso que debemos desechar los sentimientos de venganza. Debo explicar que también vivimos en diferentes dimensiones, estas son siete aunque solo nos referiremos a algunas de ellas. Se vuelve al estado físico porque muchas cosas se aprenden por medio del dolor, en el estado espiritual no existe el dolor. En el plano espiritual también continuamos creciendo y existen diferentes etapas. Cuando llegamos estamos consumidos, pasamos luego a una etapa de renovación, luego a una etapa de aprendizaje y luego a una etapa de decisión. Ya en esta etapa podremos decidir cuándo volveremos a un cuerpo físico o permanecer un tiempo aun en una etapa de desarrollo en el plano espiritual.

Una vez más debo recordar que todos somos iguales, no hay nadie más grande que su prójimo. Y además. Todos somos inmortales. La figura del Conde de Saint Germain desapareció ante los ojos asombrados del monje haciendo un gesto de despedida.

Capítulo 15

La Nasa, Texas, Octubre del 2010.

El grupo científico internacional creado en la reunión de la ¨Comisión Especial para la atención a los cambios climáticos¨ por disposición del Presidente de los Estados Unidos, Obuntu analizó todos los datos aportados por los participantes en la reunión, incluidos los aportados por el Conde Saint Germain y entregó el resultado de sus análisis. De forma general se propuso la realización de varias acciones encaminadas a contrarrestar los efectos de la alineación de cuerpos celestes específicamente en lo referido a evitar la inversión del núcleo terrestre por los potentes efectos magnéticos. Los proyectos presentados fueron los siguientes:

En uno de los centros de la NASA se probaría una aleación capaz de soportar las altas temperaturas del magma interior de la esfera terrestre sin deformarse. De lograrse esta aleación se fabricaría con ayuda de la industria mecánica alemana un equipamiento de perforación especial capaz de abrir un túnel de 30 centímetros de ancho que permitiría perforar la corteza terrestre para llegar hasta el núcleo y otro igual en la antípoda en cuatro lugares del globo terráqueo. Estas perforaciones no tendrían que estar en un área tan inhóspita como los polos lo cual contribuiría a agilizar el proyecto. Una vez realizadas las perforaciones se irían pasando múltiples segmentos fijados unos con otros de la aleación especial lo cual permitiría finalmente fijar el núcleo en una posición con cuatro guías para evitar su indeseada rotación.

Un segundo proyecto se propuso por parte de los científicos rusos que en coordinación con China fabricarían una importante cantidad de potentísimos generadores magnéticos que se situarían diseminados en la superficie terrestre y se activarían en el momento en que el planeta fuera entrando en la alineación a fin de crear un flujo magnético lo más potente posible de sentido inverso para contrarrestar los efectos del magnetismo sobre el planeta.

Por último se planteó la posibilidad de crear una plataforma espacial para llevar a la luna varios propulsores de altísimo poder capaces de retrasar el curso de la rotación de ese cuerpo celeste para evitar que se alineara con los tres restantes, pero el consenso general determinó que sería casi imposible construir tan potentes propulsores y no alcanzaría el tiempo para poner la plataforma en órbita y luego llevar los propulsores armados hasta la superficie lunar.

El proyecto se llevó a la siguiente reunión de la ¨Comisión Especial para la atención a los cambios climáticos¨ realizada en Octubre del 2010 en Washington y se aprobaron las dos partes iniciales del mismo, la fijación del núcleo y la barrera magnética.

Año 1277, Ruinas del Palacio del Rey Salomón.

Luego de la muerte y resurrección del Mesías gran cantidad de peregrinos visitaban los sitios donde habían tenido lugar los hechos, pero bandidos y delincuentes de todo tipo asaltaban y mataban haciendo muy peligrosa la peregrinación. Por estos desmanes el rey francés Godofredo de Bouillon en coordinación con el Papa envió un grupo de soldados a proteger a los fieles, pero había otra razón oculta, tenían la misión de excavar secretamente en las ruinas del templo de Herodes y del rey Salomón en busca de un gran tesoro del cual existían evidencias. Finalmente el tesoro fue encontrado debajo del Sanctasanctórum, cámara sagrada y centro de la fe judía y su contenido representaba un valor incalculable que llevarían a Europa en secreto. Esta es la historia.

El hombre avanzaba despaciosamente con su caballo. Su mirada profunda, el fino bigote y la gargantilla de oro con una gran piedra preciosa en su centro le identificaban, era Moel, el Enviado. Delante de el a una corta distancia cabalgaban otros ocho hombres.

Estos nueve hombres eran los guardianes del increíble tesoro encontrado en las ruinas y se denominaban "Orden de los Pobres Caballeros de Cristo y del Templo de Salomón" que más tarde se llamarían Los Caballeros Templarios.

El grupo fue atravesando países cuidando su preciosa carga y ya en Europa entregaron una fortuna a la Iglesia y otra a la corona francesa, pero estas fortunas eran solo una insignificante parte de todo lo que habían encontrado. El Papa en agradecimiento por esas riquezas recibidas dictó una Bula Papal concediéndoles un poder ilimitado declarándolos "Una ley en sí mismos" sin dependencia de ningún poder político ni religioso.

Los Caballeros Templarios crearon un ejército que se extendió por más de doce países de Europa, adquirieron enormes extensiones de tierra, tomaron las riendas del poder económico de muchas naciones a las que prestaron gigantescas sumas de dinero y prácticamente fueron los precursores de la banca moderna ofreciendo enormes créditos a las casas reales arruinadas a las que cobraban intereses. A principios del siglo XIV ya tenían una influencia y poder ilimitados.

El núcleo original de los 9 primeros Caballeros Templarios eran los jefes principales del ejército que ya invadía toda Europa. Uno de ellos nombrado Gilles de Mousant (Moel el Enviado) dirigía el ejercito Templario en varios países al norte de Francia pero lo más importante era que la parte más valiosa del tesoro original se encontraba bajo su custodia, el resto de los jefes disponían de grandes fortunas y bienes, pero solo él tenía en sus manos la clave del poder de los Templarios. Durante mucho tiempo todo marchó tranquilamente, pero no podían imaginar que el Papa Clemente V y el Rey francés Felipe IV planeaban despojar a los Templarios de sus riquezas, que ambos mandatarios consideraban como suyas.

El Sr. Gilles de Mousant había salido de su pequeño pero lujoso castillo en Rennes hacia una localidad a orillas del mar donde quería pasar unos días de descanso. Le acompañaba una escolta de 10 caballeros y dos de sus más cercanos colaboradores, viajaban a través de los bosques atravesando pequeños caminos y evitando las ciudades. Los días aun no eran muy fríos y los árboles habían perdido sus hojas cubriendo la tierra de una gruesa capa de hojarasca. La primera noche durmieron en un antiguo mesón y al siguiente día en la tarde llegaron a una antigua posada donde disfrutaron de una excelente mesa y exquisitas atenciones.

En la mañana del viernes 13 de Octubre de 1307 uno de los acompañantes de Mousant le despertó sobresaltado. Rápidamente le informó de la gravedad de la situación. El Rey francés Felipe IV había ordenado a todo su ejército en un documento sellado capturar ese mismo día a todos los Caballeros Templarios los cuales se consideraban a partir de ese momento como herejes los que debían ser torturados hasta confesar y quemados en la hoguera.

Gilles de Mousant dio órdenes inmediatas a todos sus acompañantes de comprar ropas de campesinos para todos, destruir sus uniformes y enterrar las armas. Dos horas después despedía a su escolta con la orden de correr la voz de que le habían visto morir a manos de un grupo de asaltantes y se marchaba a caballo acompañado de sus dos asesores.

Ese día cabalgaron cerca del mar todo el tiempo hasta llegar en la noche a una casona Señorial repleta de sirvientes y lacayos y de un lujo impresionante, era la mansión del Conde de Travais que le reconoció de inmediato y le saludó con una respetuosa reverencia.

Esa misma noche partieron en un pequeño barco hacia tierras de Gran Bretaña. Con ellos llevaban el tesoro de los Templarios, fabulosas riquezas, múltiples reliquias, documentos de valor incalculable y tambíen El Santo Grial que habían permanecido escondidos bajo la custodia del Conde de Travais por encargo de Gilles de Mousant.

Los autores de la aniquilación del ejercito Templario y muchos otros que vinieron muchos años después persiguieron a una orden eclesiástica nombrada El Priorato de Sion creyendo que eran los poseedores del tesoro Templario, pero nunca lo pudieron encontrar.

Capítulo 16

Gran Bretaña, año 1501.

En la región de la antigua Bretaña vivían tres bellas hermanas. La menor de ellas y la mediana fueron ajusticiadas por cometer adulterio y la mayor quedó embarazada por un viajero. La muchacha temiendo los resultados de este desliz le contó su problema a un viejo amigo de su madre ya fallecida. Este santo ermitaño inventó una historia para ella según la cual había quedado encinta por un ser desconocido mientras dormía después de un día de fatigas. De esta manera, la joven, sufriendo el escarnio público fue sentenciada por la justicia a una prisión de 8 meses hasta que naciera el pequeño y después sería juzgada. Pasado el tiempo, parió un niño de gran tamaño cubierto de vello. Le pusieron Merlín como su abuelo y en el renacía Moel, El Enviado. A los 18 meses ya tenía el tamaño de un niño de 10 años y cuando llegó el juicio definitivo de su madre el mismo asumió su defensa dejando maravillados a todos por su sapiencia y verbo liberándola. Más tarde tomó contacto con el viejo Blaysen, el santo ermitaño haciéndolo su preceptor y encargándole que escribiera en un libro todo aquello que él le encomendase. El libro se llamó "El Baladro" que significa La Profecía y en él se escribieron el porvenir y las visiones de Merlín.

Por aquellos tiempos gobernaba del rey Constantino, descendiente de Aurelio Ambrosio y este a su vez de Bruto que tenía tres hijos, Maines, Pendragón y Uther. A la muerte de Constantino Maines asume el poder pero los sajones invaden el reinado y lo deponen coronando a su antiguo senescal llamado Veringuer. Los otros dos hijos de Constantino viajaron al destierro.

Envanecido por el poder Veringuer hace construir sobre una isla una gran torre símbolo de su reinado pero esta se derrumbaba cada vez que se erigía. Consultados sus consejeros le dijeron que para que esta torre pudiera erigirse la mezcla constructiva debía ser rociada con la sangre de un niño sin padre de esta manera Veringuer mandó a buscar a la persona indicada hasta que supo de la existencia de Merlín al que encargó traer a su corte. Los soldados del rey no pudieron reducir ni engañar a Merlín pero este se presentó en la corte por su propia voluntad maravillando a todos por su saber. Allí le explicó Merlín al rey la razón de la caída de la torre. Merlín le habló de la existencia de dos dragones debajo de la isla, uno blanco y otro rojo que se trenzaban en permanente lucha haciendo caer la torre. Finalmente el blanco vencería al rojo y entonces la torre podría construirse.

El rey no supo interpretar la metáfora de las palabras de Merlín, el blanco significaba a los sajones, victoriosos en ese momento y el rojo a los bretones, perdedores y engañados, eran los hijos de Constantino que vivían en el destierro.

Tal como lo vaticinó Merlín los hijos de Constantino regresaron y tomaron el poder haciendo quemar a Veringuer. Una vez coronado rey Pendragón mandó a buscar a Merlín y lo hizo su consejero. Pasaron algunos años de prosperidad hasta que Merlín pudo ver un futuro sombrío para el reinado. Merlín explicó entonces al rey y a su hermano que en una próxima batalla contra los sajones uno de ellos moriría pero el otro lograría la victoria si esperaban la visión de un prodigio en el cielo, un dragón rojo o dorado. Pasado un tiempo y ya adelantados los acontecimientos se vio una gran nube con forma de dragón dorado y se iniciaron las batallas. El destino quiso que muriese el rey Pendragón pero vencieron, así su hermano se hizo nombrar Uther Pendragón.

Durante la época de tranquilidad que siguió a ese reinado Moel, el Enviado, ahora como el mago Merlín se dedicó una vez más a la búsqueda de la Esfera Dorada perdida tantos siglos atrás y tan importante para la difusión del rayo violeta y el bien de la humanidad. También sabía que un día los destinos de todos los hombres podrían depender de ella, pero por más que la buscaba e intentaba conectarse con ella no lo lograba. La única manera de que no pudiera localizarla en cualquier lugar de la tierra es que estuviera encerrada tras una gruesa cubierta de metal y tal parece que así era, había vivido todos esos siglos esperando, cuando alguien la sacara de su encierro enseguida sentiría su influencia y podría localizarla pero ya había perdido las esperanzas de encontrarla, al parecer se había perdido para siempre.

Moel llevaba muchísimos años tratando de buscar un equivalente que le permitiera concentrar el rayo violeta para difundirlo a todas partes y para ello había realizado profundos estudios. Pronto tendría la oportunidad de poner en práctica sus proyectos.

Deseoso el rey Uther Pendragón de honrar la memoria de su hermano de manera que nunca fuese olvidado se hizo aconsejar por Merlín quien le recomendó la construcción de un monumento sin igual que permaneciera para siempre. Así le pidió mandar a buscar a Irlanda las enormes piedras de un lugar llamado la Corona de los Jayanes que una raza primitiva utilizó para honrar la memoria de sus reyes. El rey hizo todos los esfuerzos pero fue imposible acometer tan titánica tarea y entonces Merlín le prometió que el solo realizaría este monumento.

Merlín efectuó todos los cálculos del lugar exacto adecuado de acuerdo con la configuración celeste y preparó el lugar haciendo uso de sus poderes. Allí hizo una excavación y construyó una bóveda soterrada hacia donde trasladó todo el tesoro de los Templarios y El Santo Grial sacado de Francia casi dos siglos antes y sobre él preparó una gran explanada. Luego Merlín fue trasladando los enormes megalitos desde la Corona de los Jayanes y los fue situando en el orden exacto en que sus cálculos matemáticos daban como resultado que podría efectuarse la recepción y difusión del rayo violeta para sustituir a la perdida Esfera Dorada creando así Stonehenge. Pero sus cálculos no dieron resultado. Así quedo Stonehenge como el monumento a la memoria del rey Pendragón salvaguardando el más importante secreto de la historia de la humanidad bajo un monumento conocido por todos, tan indestructible como las pirámides de Egipto y en un lugar que nadie se atrevería a profanar. Pero todavía el mago Merlín tendría algunas tareas que pasarían a la posteridad.

Tiempo después de que se construyera Stonehenge el mago Merlín realizó la construcción de la tabla redonda en memoria de aquella mesa en la que Jesucristo celebró la última cena. Cumplido este encargo convocó a todos los señores de la corte disponiendo todos los asientos en condiciones de igualdad dejando uno de ellos vacío para "aquel que no había nacido" y que sería capaz de responder a las preguntas de la procesión y conservar el Santo Grial, en este asiento, el número 13, llamado también "La silla Peligrosa" se grabarían con letras de oro el nombre del merecedor de tan alto honor cuando el destino lo estableciera, este hombre que luego fue conocido como "el Rey que fue y que volverá", representante de los hombres y la caballería cortes se llamó "El Rey Arturo".

Finalmente El Enviado, en la forma del mago Merlín realizó un último aporte a los hombres. Subió a un cerro de los bosques y en una sólida piedra hundió casi hasta la empuñadura una espada que solo podría ser sacada de ese lugar por la persona designada para tal fin. Esta arma se haría famosa para siempre y fue llamada "La Espada Mágica".

Capítulo 18

Inglaterra 1220.

Moel el enviado asumió una nueva identidad, esta vez nació en Inglaterra, Ilchester bajo el nombre de Roger Bacón. Realizó estudios de Filosofía, ciencias y Teología en Oxford, y se trasladó a París en 1236. Tras hacerse franciscano, comentó a Aristóteles y, desde 1247, se dedicó a estudios científicos.

Nuevamente en Oxford en 1251 escribió varios libros. Luego regreso a París y gracias a su protector Clemente IV pudo continuar escribiendo esta vez sobre ciencia y el Opus Maius, obra enviada al papa junto a las restantes.

En 1277 el general franciscano Jerónimo de Ascoli tachó sus obras de sospechosas y fue enviado a prisión hasta 1292.

Roger Bacón como científico avanzado a su tiempo, captó los errores del calendario juliano, señaló los puntos débiles del sistema tolemaico, indicó en óptica las leyes de reflexión y los fenómenos de refracción, comprendió el funcionamiento de los espejos esféricos, ideó una teoría explicativa del arco iris, describió ingenios mecánicos (barcos, coches, máquinas voladoras) y tomó de los árabes la fórmula de la pólvora de cañón.

Difusor (en París) y luego crítico de Aristóteles, adoptó una doctrina de los universales de tipo conceptualista y propuso la «ciencia experimental» como alternativa a la dialéctica escolástica; sin embargo, todo ello se basaba en una cosmovisión creyente, según la cual la ciencia se apoya en la teología (don divino) y la filosofía -su servidora- procede de la revelación desde Adán.

En una siguiente reencarnación El Enviado pasa a ser otro personaje histórico nombrado Francis Bacón, que no debemos confundir con el mencionado anteriormente Roger Bacón.

En 1561, la reina Isabel de Inglaterra da a luz a un niño que entrega a una de sus damas de cabecera y el cual recibirá el nombre de Francis Bacón.

Ya adulto impresionó a todos por su ingenio y verbo y además por su sabiduría, sobre su persona se hablaba de milagros, apariciones y encuentros de la clase cercana, poseía conocimientos de los antiguos y logró encontrar varios tesoros llegando a fingir su propia muerte logrando una ascensión o expansión de la conciencia a nivel séptimo que no involucró la muerte física y la reencarnación, sino permitiéndole continuar como un maestro ascendido continuando como San Germain. De esta manera El Enviado pasaría a la vida pública como el Conde de San Germain lo cual aparecería desde ese momento en todos los registros de la historia de la humanidad con ese nombre.

Ascendió en Mayo 1 de 1684:
Su nombre completo es Violinio Germaine. De 1710 a 1822 fue conocido en varias partes de Europa bajo los nom-

bres de Marqués de Montferrat, el Conde Bellamarre, Chevalier Schoening, Chevalier Weldon, Conde Solticoff, Graf Tzarogy y Príncipe Rakoczi o Rakoczy y algunos lo identifican como el último Comandante de los Caballeros de Malta. A través de Europa fue reconocido como diplomático, erudito y lingüista. Su conocimiento de otros idiomas era impresionante: Hablaba perfectamente el Latín, Griego, Árabe, Sánscrito y Chino y fluidamente el Alemán, Inglés, Francés, Italiano, Español y Portugués. Su habilidad para adquirir un nuevo idioma era tan grande que después de estar en contacto con un grupo por un corto tiempo empezaba a hablar su propio idioma.

Asimismo fueron notables sus habilidades en arte y música. Lograba un efecto extraordinario con la calidad de su color, especialmente cuando pintaba joyas y ornamentos en sus pinturas. Tan grande era su interés en las gemas, que sacrificaba sus cuadros en su totalidad para hacer las gemas verse reales. Sus pinturas pueden haber sido firmadas con un seudónimo. En música muy poco se ha conocido excepto por algunas composiciones que llevan el nombre de Giovannini, supuestamente un compositor Italiano, que se ha descubierto ser composiciones del Conde de San Germán. De su trabajo literario poco ha sobrevivido excepto por una copia mantenida en la ciudad Francesa de Troyes del manuscrito original de Saint Germáin llamado "La Tres Sainte Trinosophia", "La Más Santa Sabiduría Tripartita".

El Conde destruyó el original. Dividida en doce secciones, sugiriendo las divisiones del Zodíaco y las condiciones y experiencias de la vida del candidato, este trabajo describe las etapas de progreso e iniciación desde el neófito hasta la etapa final de perfección a medida que este desenvolvimiento progresa a través de los cuatro elementos, tierra, aire, fuego y agua. El manuscrito está lleno de jeroglíficos y figuras simbólicas que presentan dificultades de interpretación aún para estudiantes avanzados.

A causa de sus actividades no usuales y su permanente juventud, sus comentarios misteriosos acerca de su origen y sus extravagancias fue llamado "El Hombre Maravilla" y "el hombre que nunca murió". Su edad era la cosa más misteriosa ya que por más de cien años pareció verse de cerca de cuarenta y cinco años de edad. En 1710, cuando ya se veía de cuarenta y cinco y era conocido en círculos sociales de Holanda, estaba en Venecia y conoció a la Condesa von Georgy. Una referencia interesante de Franz Graeffer en su libro "Recuerdos de Viena", es que la mencionada Condesa, en ese momento anciana, al verse de cara a cara con el Conde San Germán retrocedió en sorpresa, diciendo que hacía cincuenta años en Venecia con su esposo, entonces Embajador, ella había conocido al Conde. Le parecía increíble que él pudiera haber cambiado tan poco en apariencia, sin embargo San Germán le confirmó que él era la misma persona que ella había conocido hacía cincuenta años.

Su conocimiento de las cortes y de los eventos que sucedieron cincuenta, sesenta o más años era tan detallado que la gente se convencía de que él realmente experimentó esas circunstancias. Por ejemplo, podía recordar escenas de la corte de Francisco I y describir al rey con alto grado de exactitud, aun imitando su voz, idioma y gestos. (Aquí se refiere a Francisco I, el Emperador germánico de 1745 a 1765, el padre de María Antonieta.)

Se dice que Napoleón III ordenó una documentación completa de todo lo perteneciente al Conde. El material recolectado entonces fue destruido por el fuego cuando el edificio en donde estaba depositado fue quemado durante la Comuna.

En 1735 estuvo en Holanda de nuevo. Entre 1737 y 1742 fue a la corte del Shah de Persia. De 1743 a 1745 estuvo activo en Inglaterra durante la Revolución Jacobita. En ese tiempo fue arrestado en Londres durante sus esfuerzos diplomáticos con las razones de que era un espía.

En 1745 San Germán dejó a Londres por Viena en donde fue conocido como místico y filósofo. Llegó a ser amigo íntimo del Ministro principal del Emperador Francisco I y el Príncipe Ferdinand von Lobkowitz. A través de su amistad conoció al Mariscal de Francia, el Duque de Belle-Isle, emisario especial de Luis XV de Francia a la Corte Vienesa. En 1.757 el Duque de Belle—Isle llevó a San Germán a París y, siendo él Ministro de Guerra y asociado con la clase alta, el Duque de Belle—Isle muy probablemente introdujo al Conde a los Círculos de la Corte de Francia y lo presentó tanto a Luis XV así como a Madame Pompadour.

En París el Conde contaba con 62 años pero representaba 30, el mundo veía en él un noble joven de gran dignidad y de impecable cortesía. Su porte era militar, delgado, de mediana estatura, bien proporcionado, de bellos ojos pardos y cabello oscuro. Vestía con gran elegancia, con las mejores telas, medias de seda, innumerables joyas, acompañado de lacayos uniformados con botones de oro. Nadie conocía su casa, frecuentaba las fiestas de la alta sociedad, pero nadie lo vio comer o beber.

El Conde daba la impresión de haber viajado por el mundo entero y de haber asistido personalmente a cuando ha existido en el planeta.

Era un gran diplomático, un genio artístico, un excelente músico y compositor que ejecutaba el piano con gran maestría, que en el violín rivalizaba con Paganini, que cantaba con una lindísima voz de barítono, que pintaba y esculpía como los muy grandes, y que vivía eternamente.

El Conde de San Germán llegó a ser bien conocido en la corte de Luis XV quien en 1758 le asignó un apartamento espacioso en el castillo Chateau de Chambord sobre el río Loire. El rey lo consideraba como uno de sus amigos. En este Chateau el Conde escribió mucho y ejecutó importantes experimentos Alquímicos. Allí él construyó un laboratorio Rosacruz y apartó varios cuartos para sus reuniones secretas con los consejos místicos de líderes Rosacruces y representantes de varias partes de Europa quienes fueron allí a conferenciar con el Conde. Entre éstos estaba el Barón de Gleichen, la Marquesa d'Urfé, así como la Princesa de Anhalt-Zerbst, la madre de Caterina II de Rusia.

En 1760 Luis XV envió al Conde San Germán en una misión diplomática a La Haya y desde allí fue a Inglaterra. Dos o tres años más tarde estuvo en San Petersburgo y al final de 1763 estuvo junto al bien conocido Casanova en Tournay en Bélgica. El Conde Cobenzl en una carta escrita en 1763 dijo que Saint Germáin había realizado "bajo mis propios ojos. la transmutación de hierro en un metal tan hermoso como el oro". De 1764 a 1768 el Conde estuvo en Berlín. Allí se asoció estrechamente con el Abbé Pernety, la Princesa Amelie, el viejo Barón Knyhausen y Madame de Troussel. En 1770 fue a Túnez con el Conde Maximiliano de Lamberg y a Leghorn mientras que la flota Rusa estaba allí.

En 1.773 viajó a Mantua después de una reunión con su pupilo Cagliostro en París. En 1774, después de la muerte de Luis XV en Mayo 10, el Conde fue a La Haya como diplomático representando varios gobiernos. Desde allí pudo haber hecho un viaje a Schwalbach y retornó a Holanda.

De 1774 a 1776 conoció varios Rosacruces y Alquimistas en Triesdorf. En la última parte de 1776 atendió una alta reunión de consejo de Rosacruces en Leipzig, y el próximo año ayudó a establecer un Colegio Rosacruz y un laboratorio Rosacruz en Dresden.

Durante la firma de la Constitución Americana el congreso continental reunido a puerta cerrada estaba indeciso de firmar la proclamación de independencia cuando un "extraño" apareció entre ellos y entregó un discurso apasionado exhortándolos a firmar con una frase imperativa: "Firmen ese documento." Este extraño era Saint Germáin. En 1779 fue a Hamburgo a consultar con un grupo de Rosacruces y entonces visitó la casa del Príncipe Karl de Hesse, quien entonces era el Gran Maestro de los Rosacruces en Alemania. Alrededor de este tiempo visitó el castillo del Duque de los Médicis quien tenía un archivo para la preservación del material Rosacruz de todas partes de Europa. Aquí era el lugar para muchas convenciones Rosacruces y para la adición de material Rosacruz.

En 1785 y 1786 sostuvo una conferencia con la Emperatriz de Rusia y visitó a la Princesa de Lamballe poco antes de que esta muriera de un disparo mientras declaraba ante un tribunal.

En 1788, de acuerdo con el Conde de Challons, Saint Germáin conversó con él en la plaza de San Marcos en Venecia. En 1793 el Conde se le apareció a Jeanne Du Barry mientras que ella esperaba el cadalso para ser guillotinada.

El Conde de Saint Germain era ambidextro, las dos mitades de su cerebro eran independientes ya que con una mano podía escribir un soneto y con la otra una carta de amor.

En las reuniones relataba sus conexiones con Cleopatra, Jesucristo, la Reina de Saba, Santa Isabel, Santa Ana, con las cortes de Valois, la antigua Roma, Rusia, Turquía, Austria, China, Japón y La India.

Se cuenta que en una ocasión el Conde tomó una moneda de 12 centavos, la expuso a una llama y cuando se enfrió se la dio a Casanova, éste constató que era de oro puro y expresó su duda al Conde diciendo que él la había cambiado. El Conde contestó: "El que duda de mis conocimientos no merece hablar conmigo" y le mostró la puerta.

La muerte del Conde en el castillo del Duque Carlos, en Suecia, en 1784, es tan falsa como su nacimiento.

Voltaire, dijo en una carta a Federico el Grande: "El Conde Saint Germain es el hombre que nunca muere y que todo lo sabe".

Se vio al Conde en 1785 en una conferencia muy importante junto a la Reina Catalina de Rusia, en 1793 se apareció ante la amante del rey Jeanne Dubarry, y en 1920 el Obispo Leadbeater habla con el Conde en Roma. Todavía en los siglos XX y XXI El Enviado, conocido como el Conde de Saint Germain realizaría una gran actividad pública y privada de enorme trascendencia.

Capítulo 19

Estados Unidos Washington. 2011.

Los equipos de trabajo dispuestos para contrarrestar los efectos de la prevista inversión del núcleo terráqueo llevaban ya un año trabajando en sus respectivos proyectos.

Un grupo de científicos alemanes trabajando en conjunto con especialistas norteamericanos intentaron realizar la fijación física del núcleo por medio de profundísimas perforaciones y la inserción de gruesas barras de acero que fijarían al núcleo en una posición. La práctica demostró que la tecnología existente no permitiría realizar las excavaciones necesarias en el tiempo que restaba para el indeseado evento, sin contar que la característica de los materiales a utilizar tampoco contaría con la resistencia necesaria. Luego de un año de esfuerzos esta comisión suspendió sus labores por tratarse de un proyecto impracticable al menos en el plazo deseado.

El equipo de trabajo ruso/chino trabajó intensamente en el campo teórico y experimental para el diseño de dos enormes plantas magnéticas de una potencia tal que lograran mantener el núcleo en una posición fija a pesar de los factores externos. Todos los resultados fueron totalmente negativos. El hombre no sería capaz de crear campos magnéticos artificiales lo suficientemente poderosos para controlar el núcleo terráqueo a través de todo el espesor del planeta.

Cada uno de los proyectos presentados y acometidos fracasó estrepitosamente. Ya a mediados del año 2011 no se contaba con ningún proyecto coherente. El planeta se acercaba peligrosamente a la hora cero sin encontrar la solución.

El Conde Saint Germain, El Enviado estaba al tanto del resultado de todos los intentos por resolver la situación y preparaba otros medios para bloquear el formidable peligro que se cernía sobre la humanidad.

Cuba, Moa, año 2012.

Michel había encontrado la que podría ser la puerta de la caverna donde se encontraba lo que Lovecraft había buscado con tanto afán pero como hombre sensato no se dejaría llevar fácilmente por la ilusión ni el apresuramiento, tenía todo el tiempo del mundo para hacer las cosas adecuadamente. Con mucho cuidado volvió a poner la roca en su lugar enmascarando la entrada. Ya conocía perfectamente el lugar marcado por la inconfundible roca achatada. Esa tarde regresó a su casa para elaborar un detallado plan de acciones.

Michel sabía que lo que se buscaba era una reliquia llamada La Esfera Dorada que servía para difundir el Rayo Violeta que incidía en un lugar llamado el Templo de la Purificación, pero esto aun resultaba muy incomprensible para él.

Michel volvió a rebuscar en toda la información disponible. Durante un par de semanas releyó notas y libros enteros de los que se habían agrupado sobre el escritorio y que obviamente habían resultado de especial interés para el escritor. Un viejo texto llamó su atención.

"Energías" este pequeño libro se refería a muchas formas diferentes de energías y había sido subrayado en diversos párrafos por Lovecraft. El primer capítulo se refería a la búsqueda de los hombres durante toda la historia de fuentes de energía inagotables y señalaba que estas fuentes siempre habían estado al alcance de su mano pero no sabían utilizarla. La clave eran las pirámides. Siempre hubo pirámides en todas partes, en América, en Europa, en Medio Oriente, en África, pero nadie tenía una explicación de su origen inicial y menos aún de para que servían. Los estudios de muchos sabios llegaron a concluir que una estructura piramidal de dimensiones iguales o proporcionales a la pirámide de Keops es capaz de generar una energía determinada que se ha denominado "energía piramidal". Esta energía piramidal ha sido estudiada con bastante profundidad en lo referente al interior de la pirámide donde se ha podido comprobar que contiene propiedades curativas, de preservación de la materia orgánica y otras altamente inexplicables como la capacidad de afilar los bordes de las cuchillas esto es tan real que incluso un famoso científico checo llegó a patentar una pirámide como instrumento para el acabado en la fabricación de cuchillas de afeitar, pero el verdadero objeto de las pirámides es, fue y será el de proporcionar combustible a naves que la obtienen de su cúspide. Cuando el hombre sea capaz de convertir esta energía piramidal en un combustible compatible con la tecnología que ha sabido desarrollar entonces quedara resuelto para siempre el problema del combustible y se harán realidad los viajes interespaciales porque las pirámides ya existen en todos los destinos posibles.

En otro capítulo titulado "La verdad está en el Tíbet". El pequeño libro se refería a la región del Tíbet como el lugar donde se encuentran guardados antiguos tesoros allí depositados por ser uno de los lugares más inaccesibles del planeta y por consiguiente complejos de revisar. Muchos exploradores durante el siglo XIX y XX habían buscado la Piedra de la Sanación infructuosamente la cual se decía que curaba todas las enfermedades. También en esta región se dedicaron muchos esfuerzos a la búsqueda de la energía Vril. Con este fin se creó por parte de Rustedolf Von Adam Braun una sociedad Teosófica en 1871, la Sociedad Alemana para la Metafísica VRIL. Esta sociedad buscaba una energía vital universal que por medio de la meditación trataban de estimular la fuerza interior y la energía sexual con lo cual pensaban que podrían dominarlo todo.

En 1920 un amigo de Hitler llamado Ed Hard organizó una hermandad Vril a la que llegaría a pertenecer prácticamente toda la dirección del partido Nazi. Durante muchos años se dedicaron a registrar grandes extensiones en busca de la energía VIL y gastaron muchos millones infructuosamente.

En un corto capitulo el libro se refería al Templo de la Purificación construido en la Atlántida en épocas inmemoriales. Este capítulo estaba totalmente subrayado y acaparó la atención de Michel. Allí se relataba como muchos siglos atrás se situó en este lugar una esfera de energía asentada en su base. Esta esfera estaba situada en un punto de convergencia con una fuente venida de un cuerpo celeste llamada el Rayo Violeta y este rayo se convertía entonces en una amplia zona de influencia benefactora que podía abarcar a todo el planeta. Esta esfera también podía generar otros tipos de energía si la longitud de onda a convertir se hacía coincidir exactamente con el tipo de energía que se quería obtener. Esta esfera dorada había desaparecido en tiempos de la Atlántida y nunca más apareció.

Michel estaba anonadado. Esa era la reliquia que había buscado Lovecraft y que ahora él estaba empeñado en encontrar.

Durante las siguientes semanas Michel organizó las acciones. Decidió que no realizaría esta búsqueda él solo, al fin y al cabo había recibido mucho dinero de la herencia y esto le permitiría hacer las cosas bien.

El joven contrató a un grupo de mineros de experiencia para las tareas de exploración. Mandó a preparar todas las condiciones de vida de esos hombres a los que pagaría un excelente salario. La primera tarea consistía en recuperar todo el equipamiento existente en la otra cueva y explorar el laberinto en busca de algo interesante y de algún rastro de Lovecraft pero a esta tarea se le asignaría un tiempo limitado ya que el objetivo principal era revisar la cueva recientemente encontrada.

Michel preparó un plan detallado, adquirió equipamiento avanzado, una planta eléctrica, los medios para electrificar la cueva de su interés y otros accesorios.

Durante más de un mes se revisó la primera cueva sin encontrar nada significativo, nunca llegaron tampoco a la cavidad donde desapareciera Lovecraft y esta cueva se cerró nuevamente. Transcurría el mes de Octubre. Los trabajos en la segunda cueva se realizaron más sistemáticamente. A medida que iban avanzando iban electrificando la cueva que se iba ramificando y se hacía un levantamiento de estas ramificaciones que también formaban un laberinto.

Mientras se realizaban los trabajos en la cueva Michel continuó revisando los datos y libros de la oficina y se pasaba las tardes tomando notas y rebuscando.

Muchas notas se referían a un personaje nombrado el Conde de Saint Germain relacionado con el Templo de la Purificación El rayo violeta y con la Esfera Dorada y esto se había convertido en el centro de su atención.

Una noche Michel se sentó en la computadora y pidió en el buscador Google las palabras claves "Rayo Violeta" y allí

para su sorpresa se desplegó toda la información que buscaba y le dio el camino para navegar y encontrar muchos más
datos que no había pensado encontrar pero que resultaron
de todo su interés

Conoció toda la historia pública del Conde de Saint Germain que llegaba hasta el mismo siglo XX con un encuentro
con una conocida personalidad francesa nombrado Leadbeater en 1926. Allí se mencionaba que incluso un ex con-
victo llamado Richard Chanfray se presentó ante la televisión francesa en 1972 como el Conde de Saint Germain
relatando detalles de su amistad con Luis XV. Pero lo más
interesante eran los datos donde se referían al reconoci-
miento del Conde Saint Germain como un Maestro Ascendido por numerosos seguidores de varias culturas y grupos
esotéricos.

Los artículos bajados de Internet señalaban que las creencias modernas lo asocian con el color violeta y con la piedra
amatista. Es visto como el Maestro Cósmico del Séptimo
Rayo (precisamente el violeta).

De acuerdo a la Teosofía, los siete rayos son siete principios metafísicos que gobiernan a las almas individuales y
que se desencadenan cada 2158 años, generando eras astro-
lógicas. Debido a que la próxima era será gobernada por el
rayo violeta, San Germain es llamado el Maestro Cósmico
de la Era de Acuario.

Un detalle muy interesante era que había sido el Alto Sacerdote en la Atlántida hacia

13.000 años, sirviendo en el Templo de la Purificación, localizado donde hoy está la Isla de Cuba.

A Michel le costaba aceptar estas referencias, no tenía una formación esotérica ni particularmente religiosa pero era innegable que alguna relación existía entre lo que buscaba y estas informaciones por lo que eran de su interés.

Los trabajos fueron avanzando de manera lenta pero segura. Durante semanas fueron identificándose todas las ramificaciones, se aseguraron corredores, se oxigenaron las cuevas, se iluminó todo y finalmente se completó la búsqueda, todo se había realizado detalladamente, pero no se había encontrado nada.

Michel estaba preocupadísimo. Revisó una vez más todos los cálculos y referencias, sus cálculos tenían que ser correctos, esa tenía que ser la cueva, algún detalle tenía que haber sido pasado por alto o algún corredor se habría derrumbado con los siglos. Volverían a revisarlo todo, alguna solución tendría que aparecer.

Capítulo 20

Indiana, Estados Unidos, Noviembre del 2012.

El nuevo complejo arquitectónico de la sede mundial de la Orden Rosacruz AMORC se había inaugurado solo un año antes en las afueras de la ciudad de Indianápolis a un costo millonario.

El moderno edificio había sido diseñado en dos partes, al frente era un edificio modernísimo construido con materiales de última tecnología, sobre todo grandes cubiertas de cerámica, y mármol, cristal y perfiles de aluminio. El interior contaba con mobiliario de avanzadísimos y atrevidos diseños y abstracciones esotéricas creadas por los mejores artistas de la vanguardia. Esta nueva edificación había sido adicionada a un antiguo monasterio siguiendo la línea arquitectónica del mismo. Por su parte el monasterio, construido dos siglos atrás había sido remodelado utilizándose una rica decoración interior incluyendo mucho oro, piedras preciosas y semipreciosas y además estatuas y obras de arte decorativo originales de origen egipcio en su mayoría y de un valor incalculable.

A la parte antigua se llegaba a través de un ancho corredor de paredes de cristal que atravesaba un exuberante jardín de invernadero. Ya en el interior se pasaba junto a varios salones y al final se llegaba a un gran salón levemente iluminado lleno de finas butacas situadas junto a las paredes en dos hileras. Al fondo, en una elevación un podio y en el centro una mesa con varias velas encendidas sobre un espejo y en la parte trasera de la mesa una tabla donde se reflejaba desde el cristal una cruz rosada. En el ambiente flotaba un olor a incienso y de fondo una música relajante. Este era el salón de las convocaciones.

A la derecha una puerta ricamente tallada custodiada por dos hombres vestidos de blanco daba acceso a un salón mediano iluminado con luces indirectas empotradas en las paredes y una enorme lámpara de largas estalactitas de cristal en el centro del salón. En su interior una gran mesa redonda con 12 butacas ricamente tapizadas en damasco albergaba a los participantes en esa importante reunión que estaba por comenzar. Todos los participantes vestían lujosos trajes, pero uno de ellos estaba encapuchado.

Uno de los participantes acercó su micrófono e hizo las presentaciones.

—Muy buenas tardes señores. Iniciaremos esta reunión presentando a los participantes aunque algunos no requieren de presentación porque todos los conocemos.

A mi derecha tenemos el honor de contar con la presencia del Maestro Ascendido Conde de Saint Germain y a mi izquierda tenemos al Jerarca Sanat Kumara, nos acompaña también el Sr. Cándido Fernández, Gran Luminar de la logia Masónica Mundial, el Gran Maestro de la Orden de los Caballeros Templarios y el Maestro Ascendido Godfre. También tenemos junto a nosotros a los cinco miembros del

Concilio Mundial de la Orden Rosacruz AMORC. Y yo soy Sir. Spences Lewis, Imperatori de nuestra querida Orden Rosacruz.

Esta reunión no tiene antecedentes similares ya que nosotros representamos el compendio del más alto grado de conocimientos esotéricos y metafísicos del planeta y de la historia.

Ahora tengo el placer de entregar la palabra a nuestro hermano, el Maestro Ascendido Conde de Saint Germain uno de los más grandes Rosacruces de todos los tiempos.

Cada uno de los participantes se fue levantando y saludando a todos a medida que se les anunciaba. El encapuchado era el Gran Maestro de los Caballeros Templarios.

Saint Germain, el mismo Moel El Enviado que había pasado por tantas reencarnaciones se dirigió al resto de los allí presentes.

—Señores, nos encontramos aquí para tratar de darle solución a uno de los problemas más importantes a los que ha tenido que enfrentarse la humanidad durante toda su historia.

Hace dos años se efectuó una importante reunión en la Casa Blanca donde se analizaron los problemas relacionados con los vaticinios para el 21 de Diciembre del actual año 2012. En esa reunión se acordó ejecutar varios proyectos dirigidos a conjurar esa amenaza con la participación de las principales potencias mundiales y lo más avanzado de la ciencia actual, apoyado por los gobiernos de las naciones más ricas para llevar a cabo estos ambiciosos proyectos. Dos años después pudimos conocer que todos esos proyectos fueron impracticables, es decir, la ciencia actual no podrá hacerles frente a los catastróficos hechos que se avecinan.

En aquel momento solo se analizaron cuestiones con basamento científico apoyadas en observaciones astronómicas y aspectos relacionados con el cambio climático, pero en esta reunión podemos incluir otras opiniones, valoraciones y vaticinios que nos permitirán llegar a otras conclusiones. A continuación vamos a pasar revista al compendio que hemos preparado. La ciencia no puedo dar respuesta pero nosotros tenemos armas mucho más poderosas que las que la ciencia actual puede brindar en el sentido de salvar a la humanidad ante lo que se avecina.

Saint Germain organizó sus documentos y su voz sonó ronca al hablar.

—Bien, vamos a comenzar por las profecías y vaticinios:

1: En las predicciones de Michel de Notre-Dame que vivió de 1503 a 1566, en su Centuria X, 72 los estudiosos interpretan una gran catástrofe producida por un gran meteoro que impactará la Tierra. Se considera que un cuerpo celeste de 1 Km de diámetro que impacte a nuestro planeta sería capaz de producir una gran catástrofe, y si ese impacto ocurriera en las grandes ciudades o en grandes plantas nucleares el resultado sería peor aún. De hecho no es tan improbable ese evento. El 23 de Marzo de 1989 un cuerpo de 800 metros de diámetro pasó bastante cerca de la tierra y no fue detectado hasta que ya era tarde para detenerlo.

2: El desastre nuclear. Los sistemas de misiles nucleares están construidos para efectuar respuestas automáticas en casos de ataques. De alguna manera se puede producir un primer ataque nuclear casual o intencionado lo cual crearía una reacción en cadena de proporciones impredecibles. El 9 de Noviembre de 1979 aviones interceptores norteamericanos y canadienses despegaron de sus bases con órdenes de atacar y destruir por una alarma que duró 6 minutos, el incidente fue producido por una cinta equivocada y ni siquiera el Estado Mayor se enteró en el momento. El 3 de Junio de 1980 un ligero error en una de las computadoras de aviso indicó que habían sido lanzados proyectiles nucleares soviéticos contra Estados Unidos, la alarma se canceló en el cuarto minuto poco antes de que se iniciara la represalia norteamericana y también la contra represalia soviética. El fallo procedía de una pieza que tenía un valor de unos 46 centavos de dólar. Y para que no se argumente que en estos momentos la tecnología es más segura debemos recordar que a principios del año 2011 la prensa mundial se hizo eco de un virus informático que estaba afectando las computadoras de control de los sistemas nucleares iraníes y no había podido ser eliminado.

3: El desastre ambiental. El calentamiento atmosférico, la deforestación, la contaminación, el agujero en la capa de ozono, la contaminación y el deshielo de la masa polar podrían producir una catástrofe lenta que en dos o tres décadas acabarían con la calidad de vida del género humano, vegetal y animal. Durante la Edad Media se produjo una pequeña era glacial que duro 300 años y frenó en seco el desarrollo de la civilización y el hambre, las guerras y las enfermedades desolaron a Europa.

4: Las grandes epidemias. No puede descartarse la posibilidad de grandes epidemias que puedan acabar con parte de la humanidad o con toda ella. Durante la Edad Media la peste arrasó con la tercera parte de la población. Durante la conquista de América las enfermedades transmitidas por los colonizadores acabaron con la mitad de los aborígenes. Se conoce que virus como el ébola o el ántrax y algunos letales coronavirus en caso de propagarse destruirían a gran parte de la población así como la fiebre aviar y otras que serían tan letales que no darían tiempo a reaccionar a los organismos internacionales. Ejemplos impresionantes son la fiebre española que a principios del siglo XX barrió con millones de habitantes de nuestro planeta y la propagación del SIDA o VIH.

5: La guerra mundial. Siempre existe la posibilidad de que una pequeña chispa inicie una conflagración mundial que involucre a todo el planeta donde han proliferado naciones que poseen armas nucleares declaradas y otras que las poseen a escondidas.

6: Observaciones y cálculos realizados en la última década prevén la posibilidad real de que queden alineados la Tierra, la Luna, El Sol y un enorme agujero negro que produciría efectos impredecibles en nuestro planeta. Uno de estos efectos podría ser la inversión del núcleo terrestre producto de un poderosísimo campo magnético. También se vislumbra la posibilidad de que el eje de nuestro sol se desvíe. Estos son los efectos que la ciencia actual no ha sido capaz de neutralizar y que según los cálculos se producirían el 21 de Diciembre del 2012.

En el calendario Maya se describe el fin de un ciclo de 13 Bactunes, equivalentes a 5 mil 125 años. Un Bactun es una unidad de tiempo Maya equivalente a 144 mil días del calendario occidental. Como todos podemos observar, para esa fecha solo falta poco más de un mes

Varias profecías sitúan la posibilidad de una catástrofe universal en esta época, incluso algunas como la Maya con fecha de cumplimiento y también podremos darnos cuenta de que la posibilidad de que ocurra una gran catástrofe está latente en muchos sentidos.

Analicemos ahora donde podríamos tomar medidas y cuales serían estas.

La primera, el meteoro que puede impactar el planeta. En la última década y en parte provocado por el cuerpo de 800 metros que se nos acercó se enviaron telescopios avanzados lejos de nuestro planeta que realizan observaciones mucho más avanzadas y anticipadas que las que se pueden realizar desde la tierra y esto disminuye la posibilidad de la colisión aunque no la elimina totalmente. También existe la posibilidad de enviar a su encuentro poderosas armas nucleares que los destruirían antes de la colisión.

La otra posibilidad, el desastre nuclear. Esta no se puede prevenir. Lo único que se puede hacer es llegar al desarme nuclear de todas las naciones, tarea muy difícil de lograr y que además no podría ser implementada rápidamente.

Con relación al desastre ambiental, este ya ha ido avanzando con pasos de elefante y es un efecto de la alineación de los cuatro cuerpos celestes y solo podría solucionarse si no se alinearan estos cuerpos lo cual es prácticamente imposible.

La propagación de una peste esta también latente pero lo único que podríamos hacer seria colaborar con los gobiernos y las instituciones para evitar la propagación del mal cerrando en cuarentena ciudades y países completos para evitar el contagio.

El inicio de una guerra mundial siempre estará precedido de situaciones políticas y sociales que requieren de un tiempo de incubación aunque en algunos lugares pueda ser explosiva y no parece ser el caso que pudiera ocurrir en el poco tiempo que queda del presente año.

En mi opinión debemos centrar nuestros esfuerzos en buscar una solución para los efectos de la próxima alineación de los cuatro cuerpos celestes que es el próximo evento que ocurrirá en una fecha próxima, conocida, anunciada por todos y profetizada por los Mayas, Nostradamus y otros prestigiosos videntes y además observada por los científicos actuales.

Como algunos de los presentes conocen fui Sumo Sacerdote en el Templo de la Llama violeta, el Séptimo Rayo en la Atlántida.

La Llama violeta es una vibración, como todos los colores o llamas, es una vibración que trasmuta o disuelve las vibraciones negativas, de colores oscuros y usando esta llama se va trasmutando en otros colores que reflejan o establecen la armonía, pero la virtud más importante es que va eliminando nuestro karma negativo.

En otros tiempos contábamos con la Esfera Dorada, una reliquia cósmica que situada en su base correspondiente era capaz de multiplicar el poder benefactor del rayo violeta y diseminarlo por todo el planeta para el bien de toda la humanidad. Esta Esfera Dorada tenía muchas otras cualidades entre las que se contaba la de convertir la luz en magnetismo y muchas otras más.

Los rituales del rayo violeta que se realizaban en el templo de la Atlántida los realizaban los acólitos del sacerdocio universal de la Orden de Melquisiades en el retiro del arcángel Zadquiel en el Templo de la purificación, localizado en la Isla de Cuba.

El mal uso del libre albedrio produjo la desaparición de la Esfera Dorada para siempre, pérdida irreparable para el género humano. Esta reliquia hubiera sido en estos momentos el arma perfecta para neutralizar los efectos magnéticos que podrían destruir la civilización en la tierra.

Como todos los aquí presentes conocemos la mente es un arma altamente poderosa capaz de lograr efectos inusitados. Yo propongo concretamente que el día que se prevén los acontecimientos se realice una jornada de concentración que incluya a todos aquellos cerebros entrenados organizados por nuestras fraternidades y religiones, Rosacruces, Masones, Cristianos y Protestantes, Espiritistas, Practicantes de Religiones y Cultos africanos y Asiáticos y todos los hombres de buena voluntad del planeta en el sentido de neutralizar los efectos de la alineación de los cuerpos celestes para la salvación de nuestro planeta Tierra.

Ustedes tienen la palabra.

Las últimas palabras quedaron flotando sobre el auditorio allí reunido. El Jerarca Sanat Kumara levantó su dedo índice tomando la palabra.

—Bien, señores, les saludo a todos. Hemos escuchado con mucha atención la intervención del hermano Saint Germain y coincidimos en todo con sus opiniones. Nuestra comisión siempre estará al tanto de los peligros que puedan acechar a los habitantes de nuestro querido planeta tierra y nuestro aviso llegaría con el tiempo correspondiente para evitar una colisión.

Sabemos que los pronósticos son acertados, el previsto alineamiento de los cuerpos celestes producirá una situación de catástrofe y no podemos proponer una solución. Por eso apoyamos la proposición del Maestro Saint Germain para conjurar los efectos con una poderosa cadena de fuerza mental.

El Gran Luminar de la logia Masónica Mundial tomo la palabra.

—Señores, creo que las intervenciones han sido profundas y convincentes. Nosotros, los representantes de la Masonería estamos de total acuerdo y participaremos en todos los esfuerzos que se realicen para el bien de la humanidad y de nuestro planeta.

El Gran Maestro de la Orden de los Caballeros Templarios también habló para hacer una lacónica intervención.

—Queremos señalar que Los Caballeros Templarios asumiremos todos los gastos que se puedan generar de las medidas que se adopten para participar de esa manera en la solución de estos importantes problemas —después de estas mínimas pero importantísimas palabras se generó un silencio de espera en el salón. El Imperatori de los Rosacruces, Sir. Spences Lewis regresó a su papel de moderador de la reunión.

—Bien, señores, pienso que hemos llegado a un consenso, la realización de una jornada de unión del más amplio potencial mental para conjurar la catástrofe que ocurriría el próximo 21 de Diciembre. Nuestra organización Rosacruz AMORC coordinará con todas las instancias y organizará esta jornada a nivel planetario para asegurar el éxito de su realización.

Les saludo a todos con un mensaje de paz y amor.

Capítulo 21

Indiana, Estados Unidos, 15 de Diciembre del 2012.

Sir. Spences Lewis, Imperatori de la Orden Rosacruz había enviado órdenes concretas a todas las principales autoridades de AMORC en el mundo dando instrucciones de contactar a los representantes de todas las religiones, sectas, grupos religiosos y esotéricos en sus respectivos países con el fin de organizar una cadena de concentración mental el día 21 de Diciembre del 2012 donde se incluyera a toda la población, con la consigna: QUE SE DETENGAN TODAS LAS AMENAZAS PARA SALVAR A LA HUMANIDAD. Asimismo a través de las Naciones Unidas se pidió la colaboración de todos los gobiernos en apoyo a esta gran cadena poniendo a la disposición de los organizadores todos los medios de difusión masiva y decretando ese día como feriado mundial manteniendo solo las actividades indispensables. En todo el mundo se iniciaría el periodo de oración desde las 6 de la mañana del día 21 de Diciembre del 2012 hasta las 6 de la tarde de ese mismo día de acuerdo al uso horario local. De esta manera todos los países iluminados por el sol, cuerpo que formaba parte de la alineación celeste estarían en oración conjunta el día previsto para la catástrofe esperada.

En todos los países ya se había iniciado una gran cruzada para que por única vez en la historia todos los hombres realizaran una acción conjunta a favor de la vida, el amor y la paz. Incluso los países en guerra y las áreas de conflicto habían aceptado decretar una tregua excepcional por este día. El mundo se preparaba para hacerle frente a la amenaza.

Moa, 16 de Diciembre del 2012.

Michel estaba tremendamente preocupado. Llevaban semanas revisando todas las ramificaciones de la cueva y no se había podido encontrar nada. Revisó muchos más documentos y libros en busca de alguna clave para aquel misterio pero tampoco pudo encontrar nada, cada día más se incrementaba el temor a que durante el transcurrir de los años alguien hubiese encontrado el objeto que se buscaba, pero aun seguiría luchando.

En las noches le costaba conciliar el sueño y había bajado de peso ostensiblemente, aquello se estaba convirtiendo en una obsesión. Muy frecuentemente analizaba las posibilidades con el viejo Pedro Izquierdo que siempre tenía algún enfoque interesante sobre el tema. Una noche estaban conversando en el portal tomando unas grandes tazas de café humeante.

—¡Sabes, Michel? —exclamó el anciano mientras tomaba un sorbo—. He estado tratando de reconstruir los posibles hechos que llevaron el objeto que se busca a ese lugar. ¿Dónde se supone que estaba antes y en qué fecha habría sido trasladado a la cueva? — Michel miró el rostro de Pedro con sus cabellos blanquísimos y sus espejuelos redondos.

—Pues parece que antes estuvo en un lugar llamado El Templo de la Purificación, situado en un punto entre Varadero y Caibarien y se indica que Pudo haber sucedido hace miles de años.

—Bien, supongamos que una o varias personas tomaron el objeto y lo trajeron hasta la cueva. Si el objetivo era esconderlo no la dejarían tirada en el piso de la cueva a merced de que el primero que entrara la encontrase —Michel le miró sorprendido por la solidez de los argumentos que Pedro analizaba.

—Si es cierto para protegerla de los intrusos tendrían que esconderla.

—Exactamente, eso es lo que quiero señalar, pero hay más. Sin equipamiento especial no podrían avanzar demasiado por la falta de oxígeno, y dudo que contaran con algo mejor que una antorcha.

Concretamente pienso que si el objeto está en esa cueva tiene que estar enterrado muy cerca de la entrada de la misma.

Michel se levantó temprano al siguiente día y dio las instrucciones concretas para efectuar una ampliación del piso y las paredes de la cueva buscando algún enterramiento, Así pasaron varios días.

En la mañana del 19 de Diciembre, mientras Michel se encontraba fuera de la cueva la algarabía de los trabajadores llegó hasta él y entró corriendo a su interior, al llegar al lugar el corazón le dio un vuelco. En la pared derecha, a poco más de un metro de altura, en una cavidad, brillaba una bola de cristal dorado con una ligera luz interior!, allí estaba el tesoro que con tanto afán habían buscado los hombres durante siglos, La Esfera Dorada del Templo de la Purificación!

Michel tomó inmediatamente todas las medidas necesarias para la conservación de aquel objeto de valor incalculable que ya no era un tesoro sino una reliquia sagrada. Mandó a preparar una mesa firme en la oficina—biblioteca y se vació una gran pecera de cristal poniendo un cojín en su interior.

El mismo Michel, acompañado de todos tomó en sus manos la esfera con mucho cuidado. Estaba muy fría y húmeda y emitía una ligera luminosidad. Cuidadosamente fueron en un auto hasta la casa y allí fue depositada la esfera sobre el cojín. Se organizó una guardia permanente en la puerta del aposento y otra en el portal de la casa.

Michel se sentó en la butaca del escritorio y sacó de la gaveta del buró una botella nueva de ron y una copa, tenía que celebrar el éxito. Tomó un largo trago y dejo volar sus pensamientos. ¿Y ahora qué?, cuál sería el siguiente paso a dar? ¿Informar a las autoridades? ¿A un centro de investigaciones? Decidió entonces que el siguiente paso sería no apresurarse para no escoger una opción errada pensaría todo con calma antes de dar un nuevo paso.

Transilvania 19 de Diciembre del 2012.

El Conde de Saint Germain acostumbraba sentarse en el hermoso jardín de su mansión privada en Transilvania durante las tardes para disfrutar de las maravillas de los paisajes naturales y el contacto con la madre naturaleza. Esos momentos de reposo eran muy preciados para él. El conde estaba ensimismado mirando un enorme árbol que ya casi se había quedado sin hojas cuando le inundó una sensación ya casi olvidada. Una sensación de profunda satisfacción y bienestar. Durante siglos no se había sentido de esa manera y pronto comprendió lo que le ocurría. La Esfera, eran los influjos de la Esfera Dorada que llegaban hasta el, inmediatamente se transmutó hacia la fuente de esa energía prodigiosa. Unos instantes después estaba materializándose en la oficina frente a la Esfera Dorada y frente a Michel. Simultáneamente a su derecha también apareció el Arcángel Zadkiel con su figura imponente atraído por los influjos de la Esfera.

Michel se incorporó aterrado y trató de articular palabras pero nada salió de su garganta. La voz del Conde sonó suave e indulgente.

—No temas, hijo, somos el Arcángel Zadquiel y yo que me llamo el Conde de Saint Germain. No puedes imaginar la importancia de que hayas encontrado esta esfera sagrada, pero no ha sido una casualidad, simplemente fuiste escogido para encontrarla en el momento en que más la humanidad lo necesita. Ahora nos la llevaremos pero no te preocupes, todo está bien. Mañana al amanecer vendrán a recogerte para que nos acompañes en este momento tan importante. Que dios te bendiga— El Conde se adelantó y tomó suavemente la esfera mientras Zadquiel bendecía con su mano al joven. Michel trató de protestar, pero ya era tarde, ambos habían desaparecido llevándose la Esfera Dorada.

Michel corrió hacia el salón, todo había sucedido rápidamente, como en un sueño y allí estaban sus dos custodios, y dos más en el portal. Nadie había visto nada pero la Esfera Dorada había desaparecido. Esa noche Michel contaba todo lo sucedido al viejo Pedro Izquierdo que le acompañó esa noche para estar presente en la mañana. Especulaban como y quien le recogería.

A la mañana siguiente poco después de salir el sol y para el asombro de todos un lujoso Mercedes Benz con chapa diplomática llegaba suavemente y aparcaba frente al portal. El chofer, un hombre de impecable traje negro se bajó solícito y abrió la puerta trasera, de su interior salió un monje de edad avanzada con vestiduras de lino y cabeza rapada, era el hermano Malaquías, el misionero de mayor antigüedad del Templo de la Purificación quien se acercó al portal dirigiéndose directamente al joven.

—Buenos días a todos, que la paz del señor sea con ustedes. Tú debes ser Michel. El Maestro Saint Germain me ha enviado para recogerte, por favor acompáñame —los dos hombres subieron al auto y partieron.

Cuba, Templo de la Purificación, 20 de Diciembre del 2012.

En el Templo de la Purificación, un lugar habitualmente muy tranquilo en este día se había desplegado una actividad inusitada. Todos los monjes realizaban tareas organizativas y de todo tipo, algunos visitantes estaban llegando y estaban siendo adecuadamente recibidos y atendidos. Al mediodía el Mercedes donde viajaba Michel llegó y se le ofreció una habitación y atenciones de todo tipo.

A medida que iba avanzando el día la actividad iba intensificándose, pronto comenzaron a llegar numerosos autos con personalidades, helicópteros y vehículos militares rusos cubanos y norteamericanos, se realizaban instalaciones de extraños y complejos aparatos. Las escoltas de las personalidades coordinaban entre ellas. Se colocaron receptores de televisión en todas partes. Todas las estaciones televisivas centraban su atención en los informes sobre la alineación de los cuatro cuerpos celestes, la tierra, la luna, el sol y un superagujero negro, evento que se produciría al siguiente día. Todo el sistema de observación meteorológico y astronómico mundial estaba en función de la observación de este fenómeno y estaban emitiendo partes oficiales cada dos horas. Asimismo se pedía a todos participar en la cadena de oración mundial a partir de la caída de la noche en todos los países del planeta. El mundo entero estaba en función de los posibles acontecimientos del siguiente día.

En el área central exterior del Templo de la purificación se habían instalado una serie de equipos altamente sofisticados. Cerca de allí, en otra área se había instalado una sala de control operada por más de 10 especialistas a través de computadoras y terminales mientras que otros trabajaban fuera en la instalación de los equipos y su corrección, en este equipo de trabajo eran todos rusos. En otro salón cercano trabajaba otro grupo de científicos y especialistas y también tenían equipamiento instalado en el exterior, pero estos eran norteamericanos. La actividad era incesante.

A los visitantes se les informó que a las tres de la tarde se reunirían todos con el Conde de Saint Germain y otros invitados en el salón exterior.

El gran salón se llenó de sillas y comenzaron a llegar los invitados principales. Ya cerca de la hora de inicio se presentaron varios Jefes de Estado y otras altas personalidades así como los asistentes a la reunión inicial realizada varias semanas antes.

Cuba, Templo de la Purificación, 21 de Diciembre del 2012.

A las 12 del mediodía del siguiente día Moel, El Enviado, llamado por todos El Conde de Saint Germain se acercó al auditorio con pasos firmes y ocupó su lugar, allí estaban todos sentados a su izquierda en una larga mesa, El Jerarca Sanat Kumara, El Gran Luminar de la logia Masónica

Mundial, el Gran Maestro de la Orden de los Caballeros Templarios con su capucha y el Maestro Ascendido Godfre, los cinco miembros del Concilio Mundial de la Orden Rosacruz AMORC y todos los nuevos invitados y Jefes de Estado. Entre los invitados especiales también se encontraba Michel. Solo faltaba Sir. Spences Lewis, Imperatori de la Orden Rosacruz.

El maestro Saint Germain se dirigió a todos los presentes

—Hermanos, les saludos en nombre del señor. Seré realmente muy breve. No tenemos mucho tiempo para presentaciones, los que tenemos que estar estamos presentes. Solo explicaremos cuales son nuestros objetivos principales y como los vamos a alcanzar.

Como conocemos, la amenaza que se cierne sobre todo el planeta en las próximas horas es la alineación de los cuerpos celestes que produciría la inversión magnética de la tierra.

Durante semanas hemos organizado una cadena de concentración mental con la consigna: QUE SE DETENGAN TODAS LAS AMENAZAS PARA SALVAR A LA HUMANIDAD y esta gigantesca tarea ha sido encomendada al Sr. Sir. Spences Lewis, Imperatori de la Orden Rosacruz que por esa razón no se encuentra hoy entre nosotros en este lugar.

Al principio esa era nuestra única alternativa pero hace solo unos pocos días conocimos del hallazgo de una histórica reliquia que puede salvarnos y además llevar a la humanidad a niveles de amor, felicidad y bienestar que aún no hemos conocido en época alguna anterior. Ese hallazgo se lo debemos en primer lugar a los interminables esfuerzos del gran escritor norteamericano Howard Phillis Lovecraft que marcó el camino para encontrar la Esfera Dorada al costo de su propia vida y al tesón y la inteligencia del Sr. Michel Rodríguez, aquí presente que ha logrado encontrarla y devolvernos la Esfera Dorada y será desde este momento el Guardián Supremo del Templo de la Purificación.

Todos los presentes aplaudieron de pie a Lovecraft y a Michel. Un grupo de monjes se acercó al área central del templo y colocó un bello pedestal verde retirándose después.

—Como pueden ver —dijo Saint Germain—, se acaba de colocar la base de la Esfera en el área central y ahora colocaremos la Esfera —otro grupo de monjes, presidido por el padre Malaquías llevaba la Esfera Dorada sobre un hermoso cojín y el mismo padre Malaquías la colocó en su lugar. Inmediatamente un finísimo rayo violeta bajó del azulado cielo y la Esfera brilló con múltiples colores difundiendo el rayo violeta Saint Germain volvió a dirigirse a todos.

—Bien, ahora explicaremos que con la colaboración del Jerarca Sanat Kumara hemos podido conocer que esta Esfera Dorada no solo es capaz de difundir el rayo violeta. También es capaz de realizar otras potentes acciones como la que necesitamos. Aplicándole un rayo de luz de determinadas características podremos convertir la luz en magnetismo. Al conocer esas propiedades entonces nos dirigimos a los hermanos científicos de Rusia y ellos aportaran el rayo láser más potente que el hombre ha sido capaz de generar para convertirlo en la fuente magnética que necesitamos. A su vez los científicos norteamericanos controlarán con la más alta tecnología el nivel del flujo magnético que recibiremos y el que necesitaremos generar para que se pueda producir la anulación perfecta del magnetismo que nos llegue del agujero negro y así eliminar la amenaza hasta el final. Hemos querido que estas actividades no se divulguen por los medios de comunicación para que el éxito de nuestra misión se le otorgue totalmente a la cadena mental de toda la humanidad que al final servirá para unir a todos los hombres en un mismo pensamiento y un mismo objetivo.

Que el señor nos proteja a todos, Gracias.

Las últimas palabras fueron premiadas con un fuerte aplauso de todos los presentes y los preparativos continuaron hasta las doce de la noche. La suerte estaba echada.

Desde ocho horas antes de las doce de la noche en el territorio donde se encontraba enclavado el Templo de la Purificación en el norte de la Isla de Cuba ya todo estaba preparado. A medida que iba amaneciendo en los diferentes países de otros husos horarios toda la población de estos países se iba sumiendo en la cadena de concentración y todos los medios de difusión repetían constantemente la consigna.

El centro de control de la NASA en estrecha coordinación con el Centro Mundial de Satélites Meteorológicos había anunciado que la alineación se produciría entre las 3 y 47 minutos y las 5 y 29 minutos P.M. del día 21 de Diciembre del 2012 mientras que el eclipse y por consiguiente la mayor potencia magnética se produciría exactamente a las 4 y 38 P.M. y seria visible precisamente en el área donde se realizaban los preparativos.

Al mediodía se intensificó la actividad, los científicos y especialistas comprobaban una y otra vez las lecturas de los sofisticados instrumentos de medición. Mientras todo el resto de la población de los países del área participaba en la cadena de concentración la respuesta tecnológica apoyada por los poderes de la Esfera Dorada se preparaba como un mecanismo de relojería y todo se filmaba pero no se difundía al resto del mundo.

Una hora antes del inicio de la alineación todas las personas presentes en el lugar fueron trasladadas a un gran salón y allí, en una gran pantalla podían visualizar todo lo que sucedía en el exterior del Templo de la Purificación. Afuera solo quedaría el equipamiento dirigido desde los centros de control por los científicos. Ninguna persona quedaría expuesta a las potentes radiaciones de diversa índole que se manejarían representando un inmenso peligro para la vida humana que por primera vez se experimentaría.

Unos minutos antes de la hora señalada todos los presentes

en el salón principal contaban con traducciones simultáneas al inglés, español y ruso. En la pantalla se veían los complejos equipos y en el centro la base con la Esfera Dorada. En la esquina superior un reloj digital señalaba la hora local y en el centro inferior se indicaba la cuenta regresiva. La voz del locutor se sentía impasible, pero la emoción de todos estaba en el máximo.

—A las 3 y 45 P.M., dentro de 20 segundos comenzaran a funcionar los sistemas que a las 3 y 47 entraran en modo automático para la neutralización del enorme flujo magnético generado por el agujero negro.

El indicador de la cuenta regresiva se fue acercando al cero. Al marcar 00.00 desapareció y apareció en la parte inferior izquierda un contador con el valor del flujo magnético detectado desde el espacio exterior por los sistemas de control norteamericanos. Simultáneamente el enorme cañón de rayos láser de tecnología rusa iluminó el área incidiendo directamente sobre la Esfera Dorada y una referencia de su potencia también apareció en pantalla. Durante dos minutos los contadores caminaban lentamente pero a las 3 y 47 P.M., exactamente al inicio del eclipse los niveles fueron incrementándose cada vez con más rapidez. El láser de altísima potencia se iba intensificando continuamente, la voz del locutor se notaba también emocionada.

—Los niveles que indican la potencia del rayo láser en estos momentos son superiores a los que se han requerido para derretir tanques de guerra en conflictos militares!, resistirá la Esfera Dorada la enorme intensidad aplicada? —los niveles continuaron elevándose y muchos de los presentes se pararon de sus asientos producto de la ansiedad y la emoción. La voz del locutor resonaba en los oídos de los presentes.

—¡Señores! dentro de un minuto serán las 4 y 38, la hora del eclipse total. Nuestro generador de rayos láser está casi al límite de su capacidad produciendo una intensidad tan alta que podría destruir casi cualquier cosa y el nivel de magnetismo que está generando la Esfera Dorada es tal que supera todos los récords imaginables! Si la inversión magnética se produce, será en este preciso momento.

Al marcar el reloj las 4 y 38 P.M. la luna se fue interponiendo frente al sol dejando ver solo un anillo de fuego en el cielo oscureciendo el día, en ese momento un fuerte temblor estremeció todo el planeta y de pronto se detuvo! Un minuto después la luna continuó su recorrido dejando ver parte de la esfera solar. Los niveles del cañón del láser fueron disminuyendo y los niveles magnéticos también comenzaron a retroceder. La voz del locutor resonó alegremente.

—Hermanos, la alineación ha sobrepasado el punto de la inversión, el peligro va en decadencia. Hemos logrado vencer la adversidad de la naturaleza —todos los allí presentes aplaudieron, se abrazaron, algunos lloraban. La vida había logrado vencer.

Todavía los sistemas tecnológicos funcionaron una hora más hasta que terminó la alineación pero en todo el mundo se celebraba que se hubiera conjurado el peligro a través de la plegaria mundial, era toda una fiesta para la humanidad.

En el Templo de a Purificación se anunció una intervención especial para los invitados. En el área exterior donde se encontraba la Esfera Dorada se reunieron todos. Junto a la reliquia sagrada en lo alto, subieron el Jerarca Sanat Kumara, Moel, El Enviado conocido por los allí presentes como el Conde de Saint Germain y para sorpresa de todos bajó del cielo azul el Arcángel Zadkiel situándose al otro lado de la Esfera.

Sanat Kumara tomó la palabra.

—Hermanos, hemos asistido hoy a un triunfo inmenso del hombre sobre las poderosísimas fuerzas de la naturaleza, pero no debemos olvidar que lo que puede interpretarse como un fin también puede significar un inicio y eso es lo que ha sucedido con los anuncios de tantos profetas que marcaron durante siglos este día como el Día Final, este es el día del nacimiento de una nueva vida para la humanidad, hoy se inicia una nueva era astrológica, la Era de Acuario dominada por el rayo violeta presidida por el Maestro Ascendido Saint Germain desde este Templo de la Purificación, retiro del Arcángel Zadkiel y bendecida por Dios Todopoderoso.

Los presentes, hombres que representaban a toda la humanidad aplaudieron a Moel El Enviado, reencarnado múltiples veces durante toda la historia y ahora como el Maestro Ascendido Conde de Saint Germain que les saludaba.

Por su parte Michel, el nuevo Guardián Supremo del Templo de la Purificación también aplaudía y sonreía feliz. El diente de oro que llevaba brillaba, mientras que en su pensamiento recordaba al famoso escritor Lovecraft que había perdido la vida luchando por encontrar la Esfera Dorada, pero había marcado el camino para encontrar la reliquia que un día salvaría a la humanidad.

Este libro fue editado, maquetado y publicado por Editorial Cooperativa "Letra D´ Kmbio". Los autores(as) interesados en publicar pueden contactarnos a:

Whatsapp: +53 5 6846927

Email: ldkmbiogmail.com